D0761260

Umami

Umami

LAIA JUFRESA

LITERATURA RANDOM HOUSE

Tercera edición: julio de 2015
Tercera reimpresión: septiembre de 2019

© 2014, Laia Jufresa
© 2015, derechos de edición mundiales en lengua castellana:
Penguin Random House Grupo Editorial, S. A. de C. V.
© 2015, Penguin Random House Grupo Editorial, S. A. U.
Travessera de Gràcia, 47-49. 08021 Barcelona

Penguin Random House Grupo Editorial apoya la protección del *copyright*.
El *copyright* estimula la creatividad, defiende la diversidad en el ámbito de las ideas y el conocimiento,
promueve la libre expresión y favorece una cultura viva. Gracias por comprar una edición autorizada
de este libro y por respetar las leyes del *copyright* al no reproducir, escanear ni distribuir ninguna
parte de esta obra por ningún medio sin permiso. Al hacerlo está respaldando a los autores
y permitiendo que PRHGE continúe publicando libros para todos los lectores.
Diríjase a CEDRO (Centro Español de Derechos Reprográficos, http://www.cedro.org)
si necesita fotocopiar o escanear algún fragmento de esta obra.

Printed in Spain – Impreso en España

ISBN: 978-84-397-3049-1
Depósito legal: B-7057-2015

Impreso en BookPrint Digital, S. A.

RH30491

Penguin
Random House
Grupo Editorial

A María Selene Álvarez Larrauri (AKA *el Duende*)

Todo lo sabemos entre todos.

ALFONSO REYES

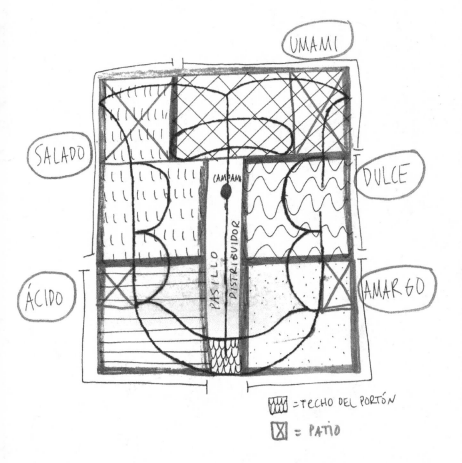

UMAMI

SALADO

DULCE

ÁCIDO

AMARGO

CAMPANA

PASILLO DISTRIBUIDOR

▨▨▨ = TECHO DEL PORTÓN

⊠ = PATIO

I

2 0 0 4

Una milpa, les dije. Me paré en la silla del comedor y les dije: Maíz, frijol y calabaza junto a la mesa de picnic. Hice un gran círculo con las manos, triunfal, proclamé: Como nuestros antepasados. Los tres miramos a través de la puerta corrediza, hacia el patio donde está la mesa de picnic. Antaño, la mesa se doblaba y podía transportarse. Las dos bancas de los lados se le metían debajo, como patas retráctiles de tortuga, y el todo se convertía en un maletín de aluminio. Pero ya no. Ya no se dobla y ya no la llevamos a los parques. Alrededor de la mesa sólo hay cemento gris, gris de sucio, y una fila de jardineras llena de tierra seca, restos de arbustos, cubetas rotas. Es un patio urbano, incoloro. Si ves algo verde es musgo lo que ves. Si rojo, será algo oxidado.

Y hierbas de olor, les dije: perejil, cilantro, tomatillo, chile para la salsa verde que hace papá cuando hay visitas. Él compró la idea de inmediato: ¿Podría también plantar uno de esos jitomates deformes que comió en la gira por California?, preguntó. Pero mamá, la que según dice ama las plantas, no. Mamá se fue a su cuarto antes de que yo me bajara de la silla y sólo accedió tres días después al trato. Lo escribimos en una servilleta. Lo firmamos, ligeramente modificado para su confort americano: una milpa con pasto. Las milpas tienen historia en la privada Campanario, no soy la primera en intentarlo. Como sea, ahora es oficial: *A cambio de convertir el patio en una milpa-jardín, Ana puede no ir al campamento y pasar el verano en casa.* Mi propia casa, por cierto. ¿Eso no se llama pagar renta? Habrá quien lo llame así. Pero no ellos. No es que sean crueles, es sólo que aman los lagos. Mamá creció junto a uno. Le dan nostalgia las libélulas.

En la mente de mamá: campamento de verano = infancia privilegiada. Pero aquí campamento es sólo un nombre en código para decir que mis hermanos y yo pasaremos dos meses con su madrastra, la abuela Emma, nadando entre las algas, dándoles de comer piedras a los patos. Mamá entiende la pasión por estas actividades como signo de una constitución sana, como tomar leche o despertarse temprano. Nos crio en una de las ciudades más grandes del mundo pero no quiere que seamos niños de ciudad, que es exactamente lo que somos. Ella misma lleva aquí veinte años y aún se anuda un pañuelo en la cabeza, como otros expatriados despliegan en la ventana la bandera del país que dejaron. Desarraigada, es algo que mamá dice de sí misma cuando hay visitas y bebe vino tinto y se le ponen negros la lengua y los dientes. De chiquita, me imaginaba finas raíces saliéndole de los pies, llenando de tierra sus sábanas.

Protestante, es otra de las cosas que mamá dice de ella misma. Acompaña el término con un gesto preciso: un giro amplio de la muñeca, una suerte de caravana de la mano que sirve tanto para justificarse como para burlarse de ella misma. En nuestra familia el mero gesto significa protestante. Lo usamos entre nosotros, para reírnos de las neurosis particulares de mamá: su obsesión por la puntualidad o por un trabajo bien hecho. Alguien gira la mano y es como quitar las telarañas invisibles del catolicismo nacional. O es hora de ir al aeropuerto, aunque aún sea demasiado temprano. Si alguno hace el gesto los demás entendemos, sin palabras, con conocimiento de causa: ética protestante.

La verdad es que ahora hay un Walmart junto al lago de su infancia. Pero no es sabio mencionárselo. Ni eso ni que ella también podría visitar a Emma. Mamá tiende a olvidar que se desarraigó solita. A veces pienso que yo debería hacer lo mismo. Empacar y largarme en cuanto cumpla catorce años. Pero no lo haré. Porque le encantaría: su hija mayor siguiendo sus pasos. Ésa sería la interpretación de la familia, estoy segura: mamá tuerce las cosas con la misma delicadeza firme con la que dobla la ropa y exprime los trapos. He visto fotos de ella cuando tenía mi edad, con el chelo entre las piernas y los pies descalzos. Así era fácil evaporarse. Subir como la espuma. Fácil escaparse y ser rescatada. A mí, cuando me siento, los muslos se me juntan y algo siempre se me está saliendo por un borde del pantalón o de la boca o de la silla. Y de ritmo no entiendo nada. Ni de aventuras. Si yo me fugara, terminaría regresando.

Ahora tenemos dos costales de tierra "buena". El vendedor del invernadero me convenció de que nuestra tierra, la que hay en el patio, no sirve. Dice que está contaminada con plomo. Dice que toda la Cuauhtémoc, toda la Benito Juárez y todo el centro tienen niveles alarmantes, de hasta cuarenta miligramos de plomo por cada kilo de tierra. No sé si le creo, pero igual le compré la tierra. Sobre todo para que mi amiga Pina y yo pudiéramos irnos de allí. No nos miró las tetas ni nada, pero sí clavó muy lento las manos en el saco de tierra, hasta el antebrazo, mientras hablaba de suelos y abonos. Entonces Pina, que me había acompañado con tal de que después fuéramos por una horchata, me dio un codazo. Compra la tierra, me dijo: Ya hay suficiente mierda en el atún.

Durante nuestra pausa en La Michoacana de la esquina, un negocio que sobrevive básicamente gracias a nosotros, le pregunté a Pina: ¿Crees que era un pervertido? Pi se lamió los labios y acarició uno de los costales, gimió: Mmmm, tierra. Se puso la mano entre las piernas: Mmm, ¡lombriz con plomo! A veces me da pena salir con ella a la calle. A veces nada más envidia. A Pina no sé decirle que no. Cuando íbamos en tercero de primaria me obligó a jugar un juego en el que te rascabas la mano hasta sangrártela. Hicimos pacto de sangre entonces, de ser hermanas. Pero últimamente no somos iguales, me da envidia todo lo que hace, todo lo que le pasa, que siempre es más interesante que lo que me pasa a mí. No sé cuándo empezó. Sí sé cuándo empezó. Cuando reapareció su mamá empezó. Antes teníamos cada una su fantasma, ella su mamá y yo mi hermana, pero hace tres meses su fantasma la contactó por internet. No es igual, claro, que tu mamá se vaya o que tu hermana se muera, pero ¿qué es más interesante: una mamá que reaparece o una que nunca va a ninguna parte?

Pina paró de gemir y dijo: No digas pervertido.

¿Por?

Hay pendejos que lo dicen de los gays. Esa palabra es discrimitoria.

Discriminatoria.

Eso.

¿Echo la tierra nueva sobre la vieja y me olvido? Estamos en el patio. Pina tiene un brazo levantado y la cara girada hacia su propia axila, que con la mano opuesta y unas pinzas va depilando. Cuando le da tortícolis, cambia de lado. Parece una garza: bonita y torcida. Miro hastiada los costales de tierra nueva, que no contestan. Me gusta la palabra hastío. La entiendo como esto, como esta hora en que lo único despierto son las moscas. Todo está detenido, todo apesta a cemento con polvo. No sé del plomo, pero sí encontré una chancla en la tierra vieja. Y unas corcholatas, y —enterrado con alevosía y ventaja— a mi perro de peluche que desapareció hace cinco años. Si mis hermanos no estuvieran en el campamento, ya estaría planeando mi venganza.

Pina, que no sabe de lo que habla, dice: Tienes que sacar la tierra vieja.

¿Y qué hago con ella?

Se la vendes a Marina. O se la regalas, para que plante algo y coma algo.

¿Con plomo?

Es un mineral, Ana: le hacen falta.

Tal vez lo que le hace falta es leer *Umami*.

¿Qué es eso?

El libro de Alf, te lo pasé hace mil años.

Se lo regalé a alguien. ¿Era una novela de pedofilia?

Nada que ver, es un ensayo antropológico sobre la relación entre el quinto sabor y la comida prehispánica. ¿En qué privada vives?

Ya sé qué es el umami, pero ¿por qué escribió un libro con el nombre de su casa?

Qué tonta eres.

Tonta tú que no sabes qué hacer con tu tierrita.

Papá sale por la puerta corrediza. Hace dos meses se quitó la barba y todavía no me acostumbro. Se ve más joven. O tal vez más feo. El otro día llegué a su ensayo para que me diera un aventón, y me costó reconocerlo. Toda la vida ha estado sentado al fondo del escenario, pero antes siempre lo ubicaba. Se ve que era sólo por la barba. Pero no es momento de mencionárselo. Le devuelvo los veinte pesos que me sobraron del invernadero.

Papá se sienta con su cerveza en la banca y sube los pies a mis costales. Guarda el dinero en su cartera. Le prometí que el proyecto sería una buena inversión, que en realidad no sé qué significa. Le explico del nitrógeno en la tierra, primero. De cómo el maíz va a quitárselo, y cómo el frijol va a devolvérselo. Luego, le explico del plomo. Tal vez exagero un poco. (Tóxico, le digo, y: cancerígeno.) Papá se queda mirando a mamá por la ventana: hoy trae un turbante anaranjado, lava los platos y mueve los labios, parece una carpa japonesa. Acordamos no contarle del plomo. Mamá es el tipo de persona cuyo corazón se rompe a la menor mención de polución y/o progreso.

Le propongo a papá comprar una manguera. Papá se pone a calcular. Preocuparse por el dinero es uno de sus tics. Cuando le da, junta los ojos. Para distraerlo, le explico de los tomates. Algunos, le prometo, serán deformes y otros serán morados. Pina me ayuda, levanta su pinza y con ella traza movimientos verticales: Algunos tendrán rayas, dice. Esto emociona a papá. Va a la cocina por otra cerveza y lo vemos tratando de convencer a mamá de que salga. Tomates tigre, le está diciendo y, también: Quality time. Con su acento que solía hacerla reír. Pero mamá no sale. Mamá no cree en los patios. En su cabeza los patios equivalen a algo patético y mal nutrido, algo que se revuelca en su propia suciedad, algo enjaulado.

O, ¿no se te hace que está muy flaca?, pregunta Pina.

¿Quién?

¡Marina!

Papá sale y anuncia que no va a comprarme herramientas. Debo conseguirlas prestadas. Apuesto a que es su respuesta al comentario usual de mamá: La consientes demasiado.

Le pregunto a quién se supone que se las voy a pedir prestadas, las herramientas, pero papá nada más aplasta con el pie la lata de su cerveza anterior. Hace veinte años que toca los timbales en la Orquesta Sinfónica Nacional: cuando produce un eco, sabe dejarlo sonar. Después de un rato, alza la cabeza y se le queda viendo a Pina. ¿No te duele?, le pregunta.

Pina dice que sí.

¿Por qué no mejor te rasuras?

Porque te vuelven a salir más rápido, explico yo entre dientes. Papá entiende: no pregunta más. Pina se guarda la pinza en el bolsillo de su short, cruza los brazos atrapando cada mano en una axila, dice: Tengo que empacar. Se levanta y nos da un beso a cada uno.

¿No te quedas a comer?

No puedo, me voy mañana a ver a Chela y no tengo bloqueador y etcétera.

Me la saludas, dice papá.

Pero yo no sé qué decir y Pina se va. Por la ventana la veo abrazar a mi mamá: carpa japonesa, garza china.

Llega un mail de mis hermanos recién aterrizados en Michigan: los boletos, siempre cortesía de la aerolínea para la que nuestro abuelo, al que casi no recordamos, piloteó durante toda su carrera. Antes, nada me emocionaba más en el mundo que volar con ellos, como si todos fueran parte de una gran familia extendida, brillosita, con neceseres azules llenos de sorpresas para los nietos de pilotos, infinitamente superiores a los envueltos de dulces que recibía en las fiestas de mis compañeros de escuela. Me colgaban un gafete del cuello y yo lideraba a mis hermanos. Cuando todavía éramos cuatro no cabíamos todos juntos: se sentaban ellos tres en una fila y yo, al otro lado del pasillo, fingía que volaba sola. Entonces, Emma no tenía ni teléfono. Ahora a cada rato manda fotos que toma con su celular. Hace poco vio un documental (un powerpoint de esos que le encanta reenviar) sobre el cáncer de piel. De allí que, en las fotos que llegan con el mail, Theo trae gorra, Olmo visera y ella un sombrero cónico, seguramente del Penny Savers, donde compra todo por triplicado porque sabe que se va a romper. Los tres tienen un tono fantasmagórico infligido por la densa crema solar, pero Emma tiene un cigarro entre los dedos porque no hay powerpoint que la convenza de dejar eso.

El año pasado, Theo intentó explicarle que le convenía comprar un solo ejemplar de mejor calidad que tres chafas de, por ejemplo, una linterna. La abuela lo dejó pontificar a gusto pero, cuando él terminó, ella contestó: Se nota que no viviste una guerra. Theo se tardó en reaccionar porque para cuando le dijo: ¡Tú tampoco!, Emma ya se había alejado por el pasillo de los detergentes, con su carrito bien lleno por triplicado.

Cuando alguien intenta oponerse a este hábito suyo, tan incoherente con el resto de sus costumbres hippies y, como ella presume, anti-establishment, la abuela Emma se defiende con el argumento de que comprando en el Penny Savers apoya la economía birmana, o taiwanesa, o de alguno de esos países en vías de expansión.

Sólo el universo está en expansión, dice Theo.

Y ella dice: All rightie, then.

Mamá llora con el mail, llora con las fotos. Se pone peor en verano. Como un río sucio trae basura, cada verano acarrea hasta nuestra puerta el aniversario de muerte de mi hermana Luz. Era la menor.

¿Era la mejor?, preguntó una tía sorda en esas semanas en que nos salía familia de por debajo de las piedras, como insectos que sólo viven un día: el de dar el pésame.

No, le grité: Era la más chica.

Luz tenía casi seis años cuando se ahogó. Así decía ella desde que cumplió los cinco: Tengo casi seis. Yo tenía diez. Mamá no ha vuelto al lago desde entonces, pero insiste en mandarnos. En su mente, si te caes del caballo has de subirte otra vez. O, si no tú, al menos tus hijos.

¿Hay algo que quiera decirle a sus hijos?, preguntó la psicóloga la única vez que fuimos a una terapia todos, poquito después de que murió Luz. Llevábamos una hora hablando, sobre todo papá y Theo, y yo, pero mamá no había dicho absolutamente nada, ni Olmo, que estaba muy chiquito. La doctora alzó mucho las cejas para indicarle a mamá que nuestro futuro estaba en juego, nuestra salud mental estaba en juego, es lo que llevaba una hora repitiéndonos. Mamá concedió, finalmente. Nos miró uno por uno a los tres hijos que le quedábamos y dijo, tan lento que se le notaba el acento extranjero: Niños, ustedes son valientes y yo no soy un pez.

2 0 0 3

Es una noche de julio. En el pasillo distribuidor de la privada Campanario flota ese vaho fresco, casi limpio, que dejan tras de sí los aguaceros de la tarde durante todo el falso verano de la Ciudad de México. Huele a piedra mojada y el piso refleja, para nadie, un espectáculo lumínico. Son las luces de la Casa Amargo. Marina Mendoza vive allí, siempre las deja encendidas. Pero esta noche algo pasa con sus luces. Varían. Pulsan de lo más tenue a lo más brillante. No rítmicamente, como cuando está prendida la televisión, sino de tajo, luego se estabilizan, y luego otra vez cambian de intensidad. No hay vecino que atestigüe, pero tampoco le sorprendería: es Marina Mendoza, otra vez insatisfecha con la atmósfera.

La Casa Amargo es la primera a la derecha, tiene vista a la calle, pero su puerta, y la mayoría de sus ventanas, dan al pasillo distribuidor. Sus seis metros de frente representan la porción más voluble de la privada. Marina cambia de lugar las plantas, encuentra cosas en la calle y las apila junto a su puerta. Tiene una gran M negra, de acrílico, que recogió cuando desmontaron la marquesina de un viejo cine a unas cuadras; hay una guirnalda de luces navideñas fundidas, un banco al que le falta una pata, un brontosaurio de cuarenta centímetros que le regaló Olmo, el vecinito, en su cumpleaños; un móvil cuelga del marco de

25

la ventana y una sábila florece de mentiras por efecto de unos listones rojos en sus picos. Pero mañana, quién sabe. Mañana tal vez el brontosaurio esté sobre la sábila, o la M sirva de guía para las enredaderas. Marina deja el polvo apilarse durante semanas y, luego, un día, o más bien una noche, mueve muebles, pasa un trapo, se reinventa.

Frente a la Casa Amargo está la Casa Ácido.

A la derecha de Amargo está la campana que da nombre a la privada y, detrás de ésta, las tres casas restantes: Dulce, Salado y Umami.

A la izquierda de Amargo está el portal principal de la privada, cubierto por un breve techo de teja que no sirve de mucho en las lluvias, pero que le da a la privada un aire rústico que todos sus habitantes aprecian, sobre todo en primavera, cuando la jacaranda de la calle tapiza de flores el techo y la banqueta. En honor a este árbol, el dueño quiso pintar el pasillo distribuidor —las fachadas de las cinco casas— de color jacaranda, pero en la tienda le entregaron un moradito opresivo que, por ser tantos litros, él no se atrevió a devolver. Marina detesta el color, le recuerda las batas de un hospital en el que estuvo y, por eso, lo llama moradicomio.

En realidad, Marina nunca ha estado en un manicomio, es sólo que deja de comer por periodos, y a veces tiene que ir a un hospital general para que le pasen por intravenosa sodio, potasio, cloro, bicarbonato, dextrosa, calcio, fósforo y magnesio, eso es todo. O eso era todo hasta la última vez, en que la hicieron quedarse días extras para lavarle el cerebro. Ahora lo tiene limpio y pálido. Al menos así se lo imagina: turgente, como un huevo cocido y pelado.

Con tal de deshacerse del moradicomio, Marina fundó una Asociación de Vecinos que, por ahora, no tiene agenda. El color de adentro de su casa, en cambio, le gusta mucho. Es blanco.

De hecho, fue por lo blanco de sus paredes que Marina alquiló la Casa Amargo. Y por lo liso. Porque las paredes de tirol, sobre todo las que albergan grandes manchas de humedad, resumían con una fuerza visual de ícono todo lo que ella esperaba dejar atrás con la mudanza. Era entonces la primera vez que dejaba la casa de sus papás, donde había vivido los diecinueve años que tenía, en otra ciudad, lo suficientemente lejos de la privada Campanario como para hacer de ésta un sitio promisorio.

El día que Marina visitó por primera vez la Casa Amargo, acababan de pintarla, aún olía a *thinner* y el sol entraba por la ventana recortando, en la pared del fondo, un rectángulo luminoso en el que ella vio su águila sobre el nopal, su aquí es dónde. La palabra con que asoció esa certeza fue: posibilidades. El color, entonces, ese blanco de lo posible, encendido por el sol sobre la pared lisa, se llamó blansible.

El doctor Alfonso Semitiel, dueño de la privada, le dio aquel primer tour a Marina desplegando una actitud que ella había visto una vez antes, en la mamá de un novio que tuvo, una señora que solía enumerar las virtudes de su hijo sólo para terminar cada sesión de piropos proclamando: Yo lo hice.

Semitiel se jactaba en general de la construcción que hizo sobre las ruinas de la mansión de sus abuelos y, en particular, de los nombres que eligió para las casas en honor a los cinco sabores que puede reconocer la lengua humana. Marina necesitaba caerle bien porque, aunque tenía una copia de la escritura de sus padres, no sabía si él iba a aceptársela como aval o si insistiría en llamarlos por teléfono para verificar su identidad. Marina no quería que su familia supiera dónde estaba, no todavía, así que hizo acopios de encanto y opinó que los nombres eran muy originales, lo cual era cierto, y omitió decir que le parecían absurdos, por no mencionar contraproducentes, porque ¿quién querría pagar por vivir en un lugar llamado Amargo? Pues ella. Amargo era la casa perfecta. Tenía, arriba, dos cuartos y un baño. Abajo, una sala de buen tamaño, una cocina y un patio ocupado en su totalidad por un enorme rotoplás. A Marina le gustaba la imposibilidad del patio. Cualquier otro patio, uno más pintoresco o menos encumbrado, le hubiera recordado a la casa de sus papás. Ella, que hasta entonces sólo había deseado cosas intangibles, tuvo un anhelo ferozmente pragmático: quería la casa para ella. Quería dormir en uno de los cuartos y usar el otro como estudio. Quería pintar todos los días, aprender a hacer arroz, a usar un aerógrafo, un pirógrafo, una plancha, un vibrador. Nunca más las transfusiones, la culpa, las manchas de humedad, nunca más el infierno grande de la falsa Atenas trasnochada que era Xalapa, Veracruz, su ciudad de origen. Se había ido. Iba a volver a empezar. Amargo sería su hoja en blanco. Pero, para eso, iba a tener que impresionar al casero y no sabía cómo. Improvisó. Le dijo que había sido maestra de artes plásticas. No mencionó que la corrieron porque se desmayó frente a los niños. Sí mencionó que tenía la preparatoria, pero no que la había hecho abierta porque al mismo tiempo trabajaba en el restaurante de su papá. Y mintió. Dijo que había venido al D. F. para hacer la universidad. Para culminar, le habló de tú al casero —algo que entendía como típicamente chilango— e, impostando coquetería, preguntó: ¿Estás casado? Él se puso nervioso y ella más. Contestó que era viudo, que era hijo único, que era antropólogo. Tomaron un café y ella se robó, del changarro donde firmaron el contrato, su primer objeto para Amargo: un cenicero. Lo colocó en el centro de la sala vacía. Luego pasó horas echada en el piso de su nuevo hogar, fumando y viendo flotar el polvo embobada, desplazándose por el suelo conforme avanzaba el sol por la pared, convencida de que algo (su vida) estaba por empezar.

Es esa tonalidad de esperanza, ese panorama de un blanco todo en potencia, un blanco umbral, lo que Marina entiende por blansible. Y es lo que busca reproducir ahora, un año y pico más tarde, con una serie de focos caros. Luz blanca, prometen en el empaque. Los instala uno por uno en toda la casa y va generando afuera, sin saberlo, el baile lento de luces sobre el charco.

Después de alquilar Amargo, Marina de hecho sí entró a la universidad. La carrera la escogió, el horario no. Había algo en la palabra diseño que le despertaba una expectativa difusa pero insistente: quizá allí le enseñarían lo más básico, eso que ella veía en los otros: una suerte de instinto de planificación, de autopreservación. Pero lo único cierto por ahora es que, como resultado directo de su escolaridad, Marina nunca está en casa a la hora en que el sol pinta de blansible la pared. Tiene la teoría de que eso fue lo que salió mal, lo que la hizo descuidarse otra vez, deshidratarse. Tuvo que venir su mamá a rescatarla. Vino y se fue. Su presencia pasajera aún se nota en las juntas entre los azulejos, un lugar que a Marina nunca se le había ocurrido restregar, y en ciertas nuevas prácticas. Ahora, Marina toma medicina. Ahora tiene un terapeuta. Marina dejó para el final la lámpara de la sala y ahora se quema al tocarla. La apaga. Se mete la mano en la camiseta y, usándola como guante, desenrosca el foco. Adiós a su luz amarillita y agobiante (¿cómo se llama el color?, ¿amaritedio?, ¿amaritenso?, ¿amariterco?). Enrosca el foco nuevo y apunta la lámpara hacia el muro. Pero en vez del añorado blansible aparece una luz dura, impoluta, futurista: como las pastillas que toma. Este color, decide, se llama blanfil. El blanfil, si fuera persona, usaría bata e iría por el mundo pregonando: No hay para dónde hacerse, son falsas las salidas, como única solución tenemos el mismo plano mirado bajo una luz distinta: la luz filtrada por el Tafil.

Una idea de diseño, entonces, la primera en meses: los ansiolíticos deberían empaquetarse como el cereal, con sudokus en la caja para pasar ese primer mes en que esperas a que te devuelvan la calma, hasta que por fin te olvidas de esperar y la única noticia de su éxito es el timbre de la angustia, amortiguado, como si te hubieran pisado por dentro el pedal de la sordina. Igual Marina se toma sus píldoras. Casi todos los días.

Desenchufa la lámpara y prueba de más lejos, desde el otro lado de la sala, pero el efecto no la satisface. Frustrada, avienta la lámpara y, tras un clonc y un parpadeo, la luz blanca del foco dibuja un cono sobre el tapete. El foco no es el sol. Tal vez no lo va a recuperar, el blansible, y cuán frustrante es eso: que venga el bienestar a sentarse en tu propia sala cada mañana y no estés en casa, estés sentada en un salón de la universidad, haciendo esfuerzos por no pensar en nada. Un desperdicio, se dice mientras levanta la lámpara. Marina odia el desperdicio. Se echa en el sofá al revés, sube los pies a la pared, donde no hay sol porque ya van a dar las diez. Y yo sin comer, piensa. Se le resbala el pantalón y se mira las piernas, mucho más anchas que los brazos: maldita asimetría, ¿por qué no puede ser todo del mismo tamaño? Tal vez tengo que dejar la escuela, piensa. Y en Chihuahua, el hombre con el que duerme de vez en cuando pero que lleva semanas desaparecido, después de que la última vez que se acostaron le dijera a Marina, mientras él se vestía y ella miraba el techo: No puedo con esto, como si su relación fuera una bolsa en que la lleva, y al pobrecito se le hubieran marcado los dedos con el peso de la flaca.

En fines de semana, Marina tampoco está en casa a la hora del blansible, porque trabaja. Cuida a los hijos de Linda Walker, su vecina. Viven del otro lado del pasillo, de modo que allá el sol no pega igual. No pega en absoluto, de hecho, excepto en el patio que tienen atrás. Es un patio del triple de tamaño que el suyo, y sin tanque de agua que estorbe. Pero está tan lleno de chunches que no apetece salir. Marina sale igual, para fumar en los momentos raros en que los tres hermanos se sientan frente a la tele. Tiene que esconderse porque la mayor —una gordita de doce años que habla como si tuviera un diccionario en la boca— está siempre en campaña antitabaco. Yo a tu edad ya trabajaba, le dan ganas de decirle cuando la ve echada leyendo un libro de seiscientas páginas. Antes, los Pérez Walker eran cuatro hermanos pero la más chica se murió hace dos años. Aunque no la conoció, Marina tiene la superstición de que esa casa sí tenía sol antes y la niña se lo llevó al otro mundo, o a la tumba, o al fondo del lago gringo ese, donde dicen que se ahogó. Al fondo no, porque encontraron su cuerpito flotando, enredado en las algas. Se lo contó todo Olmo, ahora el hermano más chico, mientras dibujaba con sus crayolas otra cosa, un avión.

Por cuidar a los niños, Marina cobra en clases de inglés. Lo estudia con ligero pero genuino interés. Es un impulso sano, le dijo al terapeuta cuando éste sugirió que estaba llenando de más sus días. Sólo son clases de inglés, justificó ella: Clases para entender las canciones que ya canto. ¿Y el trabajo? El trabajo me gusta, dijo ella: Los niños son pura alegría. Pero lo que le gusta a Marina es la mamá de los niños. Cada martes y jueves, viene Linda a su casa y hacen dos horas de clase. El material didáctico gira en torno a los discos que Marina tiene en una estantería vertical. No es una gran colección, pero ha sido amasada amorosamente. Empezó en una calle empedrada de Xalapa, en la tienda Tavo's Rock: para algunos, en los noventa, el único vaso comunicante con la capital. Con la capital del país pero también con las del resto del mundo: el único vaso comunicante con el mundo. Marina compró un CD y luego otro, con el pequeño sueldo que su papá empezó a darle a los trece, después de que ella se atreviera a comentar que su hermano y ella eran un ejemplo de explotación infantil. Le gustaba la tienda diminuta porque nadie que ella conociera se paraba nunca por allí. Había sangre en las camisetas que vendían. Una sangre americana, serigrafiada, inofensiva, pero suficientemente roja para generar leyendas absurdas: ¿Tavo's Rock? Allí practican ritos satánicos. Violan niños. Todo lo que venden es robado.

Sangre que, ahora que Chihuahua le cuenta a Marina tantas cosas sobre el norte, ahora que Marina ha dejado de pensar su país como el mero yin yang Xalapa-D. F., no le parece correcta: si ve a alguien en la calle con camiseta agresiva, se ofende. Marina sabe que la violencia trepa y ella, por principio, se opone. Pero tampoco se le ocurre qué hacer, además de ofenderse. Los uniformados, pese a ella, la impresionan. En cambio, los militantes no la conmueven. Marina ve mucha gente enojada en la universidad, muchas pancartas, y no sabe qué es más vergonzoso, si su absoluta ignorancia sobre el contexto o su absoluta indiferencia. Así que alza la mirada, tuerce el gesto como para indicar que ella también sufre, simula prisa y pasa de largo. En su cabeza acuña el tono: resentirrojo.

A Linda Walker, que por la música popular mexicana tiene una fascinación tan entusiasta como condescendiente, pero que no se ha sentado a escuchar pop gringo desde que dejó su país hace veinte años, los discos de Marina la divierten. Pero esto no es pop, insiste Marina: esto es alternativo. En verdad, Marina no sabe de géneros musicales. El orden de compra de sus discos era estrictamente plástico: los escogía por la portada. Cuando se mudó al D. F. los dejó, pero ahora que su mamá vino a sacarla del hospital (o, en palabras de la propia señora Mendoza: "del apuro"), se los trajo.

El inglés tiene, en Marina, un efecto como el de la meditación. No que haya meditado antes, pero una vez fue a hipnosis y, sobre todo, cuando pinta se pierde así. Meditativo para ella es una etiqueta a posteriori: regresas de un lugar en el que estuviste un rato, sin dormirte, pero tampoco del todo despierta, y sólo cuando vuelves registras que te fuiste. El inglés quita seriedad a las cosas. Entenderlo es como pintar bigotes a las fotos. Los nombres de sus grupos favoritos resultaron ser ridículos: Los Arándanos, Aplastando Calabazas, Melón Ciego, Chiles Rojos Picositos, Cabeza de Radio, Jardín de Tontos.

Traducir simplifica, esquematiza: algo que parecía complejo baja a ser, simplemente, un dibujito. Esta ley de gravedad de lo bilingüe le confirma a Marina su sospecha de siempre: los gringos son como un dibujo en plumón.

Y una sospecha confirmada te da piso, algo sólido donde estar parada, especialmente cuando la sospecha fragmenta el mundo en rebanadas, y por ende delimita la porción que ocupas. En otras palabras, disminuye la presión, bajan las expectativas. No se lo cree, pero la tranquiliza.

Si no la cree del todo, su teoría del plumón, es en parte por la misma Linda. Linda es una gringa en pastel o lápiz de color: de un trazo poroso, variable. Cuanto más la conoce más se le desdibuja, y entre la trama se adivinan líneas pasadas, de antes de México, antes de Víctor, antes de la muerte de su hija: *pentimenti* se llaman en dibujo esos trazos de los que se arrepintió el artista pero que aún logran distinguirse. Linda se transforma según el peinado y la hora del día. Te alburea y es verde perico, se suelta el pelo y es melocotón. Marina se pregunta, algunas noches: ¿es amor?

No es atracción exactamente, pero sí un encantamiento, un pedestal en que ha puesto a la vecina y que no sabe con qué otro sustantivo asociar. Se compara con ella todo el día. Se obliga a comer avena porque Linda come avena. La admira no por su plaza en la Sinfónica Nacional, no por su relación sólida con Víctor (nada de bolsas allí: todo es bagaje, entretejido, parte de lo mismo); tampoco por ser mamá de cuatro hijos, haber perdido a una, ni por esa manera misteriosa de ser, a la vez, guapa y fea; no por cómo, a veces, parece estar borracha a medio día, ni por ese pelo larguísimo que insiste en anudarse en la coronilla como un nido, como para que crezcan allí más cosas; ni por el pañuelo con el que se enreda el chongo y la frente como tapando una herida de guerra que no supura; o tal vez sí por todo eso, pero en todo caso no nada más por todo eso. También, sobre todo, Marina admira a Linda por su renuncia a la lógica del producto. Por haber dicho: No más. O así se lo explicó ella: Un día le dije no más a la lógica del producto, ¿sabes? No voy a dejar de tocar, pero tampoco necesito exhibirme. Me dedico a la música, ahora, no a los conciertos. A la práctica, es a lo que me dedico ahora.

¿Y la orquesta te deja?, había preguntado Marina por decir algo.

Me dieron licencia con goce de sueldo, dijo Linda: Con ninguno de los partos me la habían dado, ¿eh? Los músicos no creen en los bebés pero sí en el luto; la influencia es de Wagner.

2 0 0 2

El amaranto, planta a la que dediqué buena parte de mis cuarenta años de investigador, tiene un nombre imposible que, ahora que soy viudo, me indigna.

Amaranthus, el nombre genérico, procede del griego *amaranthos,* que significa: "flor que no se marchita".

∞∞∞

Soy viudo desde el 3 de noviembre de 2001. Todavía esa mañana mi mujer admiró el altar que yo había montado en la recámara. Era un poco precario: dos floreros con diente de león y cempasúchil, nada más, porque no estábamos para calacas. Noelia se acomodó el turbante (no le gustaba que yo la viera pelona), señaló mi altar y dijo: Lero, lero.

Lero, lero, ¿qué?, le dije.

Les gané, dijo ella, vinieron sin mí y sin mí se fueron.

Pero esa tarde cuando le subí su nescafé con leche, Noelia se había ido con ellos. A veces creo que lo que más me duele es que se murió conmigo lejos. Conmigo abajo, parado como un idiota frente a la estufa, esperando a que hirviera el agua. La malparida calcárea clorificada mexiquense agua chilanga, a sus chingados

2260 metros de altitud sobre el nivel del mar, poniéndose sus pinches moños antes de hacer chiflar la tetera.

ooooo

Noelia se apellidaba Vargas Vargas. Sus papás eran michoacanos, pero uno de Morelia y el otro de Uruapan, y, cada que se presentaba la ocasión, juraban públicamente no ser primos. Tuvieron cinco hijos. Comían todos juntos a diario. Él era cardiólogo y tenía su consultorio a la vuelta de la esquina. La mamá era ama de casa y como único detalle reprochable jugaba canasta tres veces a la semana y solía perder una buena porción del dinero del súper, pero nunca les hizo falta nada. Excepto nietos. Por lo menos de parte nuestra, se los quedamos debiendo.

Como explicación o como consuelo, mi suegra solía recordarme en tono apologético que "desde chiquita, Noelia quería ser hija nomás". Según contaba, mientras sus amiguitas jugaban a ser la mamá de la muñeca, Noe prefería ser la hija de sus amigas, o bien la amiga de la muñeca, incluso la hija de la muñeca, lo cual por regla general resultaba inaceptable a sus compañeras de juego porque cuándo has visto, la increpaban con esa crueldad aguda de las niñas, una mamá tan bonita.

Increíblemente mi mujer, que tantas de sus cosas se las achacaba a su condición de hija sin hijos, nunca quiso tocar ese punto conmigo. Se negaba a discutir el hecho de que su mamá había sido, finalmente, la que primero usó, en referencia a ella, el término de "hija nomás". ¿Y si no sería posible, se me ocurre, Noelia querida, que de allí te venga la obsesión: que no sea algo que cabalmente elegiste tú sino que tu propia madre te inculcó?

No seas panderete, Alfonso, contesta a esta idea mi mujer que, cada que necesita decir pendejo, lo sustituye con algún sustantivo aleatorio que empiece con pe.

O lo sustituía, lo sustituía. Tengo que aprender a conjugar que ya no está. Pero es que, cuando lo escribí aquí, No seas panderete, Alfonso, fue como que no lo escribí yo. Fue como si lo hubiera dicho ella.

Tal vez de eso va a servir la máquina nueva, la máquina negra. Para eso me la trajeron: para que vuelva a hablarme Noelia.

∞∞∞

Tengo un compañero en el instituto que a los cincuenta y dos se casó con una mujer de veintisiete, pero el pudor no les entró hasta el año en que ella cumplió treinta y él cincuenta y cinco, porque de pronto el cuarto de siglo entre ambos estaba a la vista de todos, sin esfuerzo aritmético de por medio. Algo más o menos así nos pasó en la privada: los números nos dejaron turulatos cuando, el mismo año que murió mi mujer, de cincuenta y cinco años, murió la hijita de mi inquilina, que tenía cinco. Por comparación, la muerte de Noelia parecía casi lógica, sólo porque la otra resultaba tan incomprensible, tan injusta. Pero la muerte nunca es justa, ni cincuenta y cinco años son tantos.

Esta máquina también puede servir para quejarme, si se me antoja, de que me quedé viudo prematuro y nadie me hizo caso. El que más me procuraba era Páez. Pero Páez pensaba más en su propia angustia que en la mía. Me llamaba tarde, borracho, carcomido por el descubrimiento de que ni su generación era inmortal. Decía: No duermo de imaginarlo solo en esa casa, compadre, prométame que no se nos va a quedar de ocioso. Y luego, el cabrón desconsiderado se murió también. Decía Noelia que las malas noticias siempre llegan de tres en tres.

Ni del trabajo me pelaron. Tómese año sabático, me dijeron. Púdrase en vida. Vaya a fermentar de tristeza en su pinche milpa urbana en la que nunca hemos creído. Séquese a gusto entre sus amarantos. Y yo manso, menso: ¿Dónde firmo? Fue una pendejada mayúscula porque ahora me estoy volviendo loco todo el día en la casa. Ni siquiera tengo internet. Seguro que la máquina negra debe traer para güifi, pero no he podido activarlo. Prefiero la televisión, al menos sé cómo encenderla. Estas semanas me he aficionado al canal 5, es fantástico.

Desde que firmé el año sabático no había oído ni pío del instituto. Pero hace dos semanas me vinieron a dejar la máquina. Dicen que es mi bono de investigador del 2001, aunque ese año maldito se acabó hace seis meses y fue, de todos los años que he vivido, el que menos investigué. A menos que "Convivencia con el cáncer de páncreas de su mujer" y, luego, el *"Duelis extremis* de los primeros meses de viudo" puedan considerarse mis temas. Supongo que les sobraba, la máquina, y no pueden devolverla porque entonces sí se la cobran. Todo en la burocracia de mi instituto va siempre un poco a contralógica. Pero ellos se las dan de coherentes. Por ejemplo, dicen que la tengo que usar, la máquina, para algo de mi investigación, pero me lo mandan decir con el repartidor. Eso sí, el repartidor traía un acta. Porque nunca sucede nada en el instituto sin que conste en un acta con el logotipo y la firma del director.

El repartidor sacó de su Tsuru una caja de cartón y me la entregó. Dijo: Es una laptop, don, dicen en la ofi que la tiene que usar para algo de su investigación. Y yo: Pero si estoy de sabático. Y él: Újule, oiga, pos a mí nomás me dijeron que se la dejara. Y yo: Pos déjemela nomás, pues. Me la dejó y yo la dejé allí en la entrada, con todo y caja. Eso fue hace dos semanas.

Luego hoy, finalmente, renté la Casa Amargo. Se la quedó una niña muy flaca, que dice que es pintora. Me trajo un cheque y, de aval, las escrituras de un restaurante italiano en Jalapa. Sé que es italiano porque se llama Pisa, que según ella es un juego de palabras porque, además de referirse a la torre, imita la pronunciación jalapeña de la palabra pizza. Aunque más bien dicen pitsa, según me explicó, pero eso hubiera sido demasiado obviamente burlón. Ajá, le dije. Yo sólo espero que no se drogue, o que se drogue quedito, y que me pague puntual. No es mucho pedir, considerando que le hice buen precio. Ella estuvo de acuerdo con todo excepto con las paredes del pasillo. Estoy pensando en pintarlas, le dije. Pero es mentira.

El chiste es que después del contrato, que firmamos en La Taza de Mostaza porque está al lado de la papelería y teníamos que fotocopiar sus documentos, salí sintiéndome bien, diríase: productivo, o casi. De regreso compré una caguama y unas papitas, y me salí con las nenas a la terraza. Después de acomodarlas de modo que pudieran presenciar el acto, abrí la caja esta en la que ahora tengo apoyados los pies, muy cómodo invento, por cierto, y me dispuse a armar la máquina. Confieso que la abrí ligeramente emocionado. Muy ligeramente, pero aun así el entusiasmo más grande que he tenido en lo que va del 2002.

La máquina negra es más ligera que todas las anteriores. Ahora mismo escribo en ella. Estoy particularmente orgulloso de la rapidez con la que la armé. La armé es un decir. La verdad es que la enchufé y ya. El trabajo consistió en retirar plásticos y unicel y ya. De nombre, le puse Nina Simone. Mi otra computadora, el elefante viejo en mi cubículo, en el que escribí todos mis artículos de la última década, se llama Anacleto. En el Windows de Anacleto mi usuario es una foto mía, pero eso lo programó un técnico del instituto. Yo no llego a tanta sapiencia. En el Windows de Nina Simone mi usuario es el que venía de fábrica: un patito inflable. El Word quiere cambiarme "inflable" por "infalible". El Word está panderete.

Carajo, a Noelia se le ocurría algo con pe distinto cada vez y yo no salgo de lo mismo.

Estoy pendular. Perruno. Pentecostés.

De chica, Noelia no quería ser doctora como su papá, sino actriz como una tía abuela suya que había hecho carrera alzando la patita en las películas mudas. Después del bachillerato se anotó a un curso intensivo de teatro. Pero a la segunda semana, cuando le tocó improvisar frente al grupo, se puso colorada, no logró decir ni una palabra y, según ella, le dio taquicardia paroxística, que es algo de la chingada, es cuando el corazón te late más de ciento sesenta veces por minuto. A mí sí me ha pasado. No como a Noe, que nomás estaba inventando.

Después del curso fallido, Noelia se metió a la UNAM y después de unos años perrísimos que yo, hasta la fecha y después de una vida conviviendo con doctores, aún no sé cómo le hacen para sobrevivir, Noelia se hizo cardióloga. Diría ella: Médico en electrofisiología cardiaca, chato, ¿cómo la ves desde ahí?

Todo eso, Noelia me lo contó la primera vez que cenamos. Me pareció muy original que hablar en público la espantara más que enfrentarse a unas vísceras. Le pregunté: ¿Por qué medicina?, ¿por qué no algo más fácil? Era 1972 y estábamos en un restaurante de la Zona Rosa cuando la Zona Rosa todavía era una zona digna y no como ahora que, bueno, la verdad es que no sé qué porque hace años que ya ni me paro por allí. Mi mujer, que esa noche era una mujer que yo recién acababa de conocer, me dijo: Yo tenía esta idea, falsa obviamente, de que en medicina siempre ibas a vértelas con la gente de uno en uno. Luego se tomó de hidalgo su tequila y dijo: Es que siempre he sido un poquito ingenua. Y allí yo capté que se trataba de una coqueta, algo que para nada se le notaba a primera vista. ¿E ingenua era? También. Pero sólo para ciertas cosas, y de una ingenuidad que, por otra parte, no le quitaba lo colmilluda. Era ingenua cuando le convenía. Noelia era muy práctica, aunque algo atolondrada, y era sincerota, abusada, guapetona y, por esa primera noche y las subsecuentes tres semanas, vegetariana.

A Noelia le gustaba la gente de uno en uno. Le gustaba tomarse cafecitos con la gente. Le gustaba salirse a fumar con las enfermeras a escondidas y enterarse de la vida de, como lo resumía ella: Raymundo y todo el mundo. Dejó de ser vegetariana porque le encantaba la carne. Hasta cruda. La carne tártara. El *kibbeh* y el *kebbah* eran las cosas que pedía en sus cumpleaños. Todavía no he vuelto al centro de la ciudad porque me recuerda demasiado a nuestras idas a El Edén en sus cumpleaños. Nadie te explica eso pero los muertos, algunos, se llevan con ellos costumbres, décadas, barrios enteros. Cosas que creías compartidas pero eran de ellos. Y está bien, digo yo. Cuentas claras, duelos largos.

Noelia no me dijo, esa primera noche, que su papá había sido el mero mero de Cardiología, el hospital que está en Tlalpan, antes de abrir la clínica privada en Michoacán donde ella, a los doce años, aprendió a leer *hallters,* o sea, a detectar arritmias. Ni me dijo que ya para cuando yo la invité a cenar ella era una de las cinco, ¡cinco!, especialistas en su área en todo el país. Eso me lo dijo a la mañana siguiente. Estábamos desnudos en el sofá de su sala y yo, acto seguido, me acabé el café, me vestí y me fui de su departamento sin pedirle el teléfono. O, como diagnosticó ella con exactitud la siguiente vez que nos vimos, casi un año después: Le sacaste, sacatón.

Que le saqué es un eufemismo, claro. En realidad, usando otra de sus expresiones: me cagué en los calzones. Me morí de miedo y sólo entendí mi pánico a posteriori, cuando analicé el tipo de mujeres con el que me la pasé acostándome los subsecuentes meses, todas jovencitas, bien leíditas, humanistas, admiradoras mías, básicamente: mis alumnas. Hasta me iba a casar con una, con la Memphis, como Noelia la apodó años después, cuando finalmente se le hizo conocerla, creo que por las botas que traía, o tal vez por el corte de pelo, qué sé yo. Por suerte, poquito antes de casarme con la Memphis tuve un sueño. Es que cobarde, sí, sacatón, sí, pero supersticioso, más: recibido el mensaje supe hacerle caso a mi inconsciente y me le apersoné a Noelia en su departamento. Por poco no me reconoció. Luego se hizo un rato del rogar, como dos semanas. Pero luego mueganizamos con tanta diligencia que ahora no sé, lo juro por mi puesto en el Sistema Nacional de Investigadores, por todas esas credenciales que según querían decir que yo sé enfrentarme a ciertas, complejas preguntas, lo juro que no lo entiendo. No entiendo cómo respiro, si me arrancaron un pulmón.

El sueño que tuve. Estaba Noelia parada en el umbral de una puerta, con mucha, mucha luz atrás de ella. Nada más. Era un sueño estático pero, por decirlo de algún modo: bien pinche claro en su mensaje. Incluso un poco amenazante. Cuando desperté, todavía junto a la Memphis, supe que había de dos sopas para mí: quedarme en la vía fácil o pasarme a la vía feliz. Diríase: una epifanía. La única, por cierto, que tuve en mi vida.

꧂

A Noelia le gustaban los refranes, las frases hechas. Si había algo que yo no entendía, que era con bastante frecuencia, ella suspiraba y decía: A ver, deja te lo explico con manzanas, que significaba algo así como "con paciencia" o "punto por punto". O cuando me dieron el SNI la primera vez, me acuerdo, Noe me mandó flores al instituto y en la tarjeta decía: "Te lo mereces con creces".

Pero también, a veces, las frases hechas eran hechas en casa, por ella, sin consultar a nadie. Por ejemplo, solía espetar: Más vale bisturí en mano que gasa en panza. Y yo siempre creí que era un dicho de médicos, pero Páez me aseguró que sólo a ella se lo había oído y que nadie en el hospital sabía bien qué significaba; unos lo interpretaban como "más vale ser el doctor que el paciente", mientras que otros lo entendían como "más vale extender la operación que hacerlo mal por la prisa", etcétera.

Lo que no soportaba Noelia eran las adivinanzas. Ni los juegos de mesa. Sobre todo los de preguntas, la ponían nerviosa, se le olvidaba todo y luego se ponía de malas. Una vez perdimos en el Maratón porque no se supo la capital de Canadá. Tampoco los deportes, ni el ejercicio. No le gustaba el polvo. Ni los insectos. Su idea del mal supremo era una cucaracha. Tampoco limpiaba, pero siempre le pagó a alguien para que lo hiciera. A la señora Sara, que me dejó hace unos meses, dijo que porque siempre había querido instalarse en su pueblo, pero yo creo que verme tan hecho mierda la deprimía. Le pagué su indemnización, puso un puesto de tlacoyos. Hizo bien. Siempre preparó los mejores tlacoyos del mundo. Y a mí también me hace bien, creo, tener que lidiar con mi desperdicio.

Toda mi vida me creí muy chingón porque, a diferencia de mis colegas, yo sí me ensuciaba las manos plantando las especies que estudiábamos, siempre tuve mi milpita en el traspatio porque, si vas a decir que una civilización entera comía tal o cual cosa, según yo tienes que saber a qué sabe, cómo crece, qué tanta agua pide. Si vas a pregonar la simbiosis de las tres hermanas tienes que agarrar la pala y ocuparte en orden: el maíz, luego el frijol, después la calabaza. Pero ahora veo distinto el asunto de mis plantaciones: yo tenía tiempo libre. Tiempo de no tener hijos, tiempo de no tener que doblar la ropa. Es una obviedad pero sólo ahora la acepto cabalmente: es más fácil ensuciar cuando tienes quien te limpie. Ni modo, siempre fui el más burgués de los antropólogos.

Ahora hay días en que me voy a dormir y lo único productivo que hice en el día fue lavar los platos que usé, o escombrar el estudio o sacar la basura. Soy malísimo, pero me esmero. Pongo a las nenas en la carriola y las llevo conmigo a donde sea que esté grave la suciedad. Me gusta tener testigos. Mírenme, les digo: Sesenta y cinco años cumplidos, primera vez trapeando.

A Noelia sí le gustaban los niños, pero de lejitos. Nunca quiso tener los suyos y luego, cuando ya quiso, era demasiado tarde. No le gustaban los dramas. O sí, pero los ajenos. Le gustaban las cosas fritas aunque casi nunca se las permitía. Le gustaba el olor a especias: comino, mejorana, citronela; la ropa planchada y tener flores frescas en la casa. Le pagaba a alguien para que planchara y a alguien más para que nos trajera flores frescas. Le gustaba pagar bien y dar propina. Le gustaban las cosas de barro pero no las excesivamente decoradas. Se negaba a tener una vajilla reservada para ocasiones especiales. Decía: Cada que como sentada es una ocasión especial, por lo menos hasta que suena el *beeper*. La llegada del *beeper* fue tal acontecimiento en nuestras vidas, que sus sucesivas transformaciones en aparatos más modernos y coloridos y compactos no lograron hacer que nosotros dejáramos de decirle *beeper* a todo aparato localizador capaz de interrumpir la siesta o la comida. Sobre todo la siesta, que tradicionalmente era la hora a la que hacíamos el amor. Yo prefería las mañanas, cuando ella tenía prisa, y ella prefería las noches, cuando yo tenía sueño, así que la siesta era un punto intermedio de conciliación que siempre nos funcionó.

Noelia fumaba cigarros Raleigh hasta que su hermano menor tuvo su primer paro cardiaco y la familia entendió que en cuestiones del corazón ni los cardiólogos se salvan. Yo nunca fumé más que puros, muy de vez en cuando, pero tampoco me molestaba su humo y cuando lo dejó sentí que perdíamos algo ambos. Nunca se lo dije, claro. Cada año hacíamos una fiesta para celebrar otro año sin fumar, por lo menos durante la primera década de abstemios. Que perdíamos algo tal vez no es el término correcto. Que dejábamos algo atrás, quiero decir, que le dábamos vuelta a una página sin retorno, como dirían los poetas bohemios de La Taza de Mostaza, el bar de aquí a la vuelta al que acudo cuando me lo pide el cuerpo.

∞∞∞

Nadie sabía de mis idas a La Taza hasta que una de mis inquilinas, la gringa a la que se le murió la niña, también empezó a frecuentar el bar. Yo le decía "la Gringa", pero en retrospectiva me suena ligeramente ojete. Es que yo nunca le había tenido demasiada simpatía a esa familia, por ruidosos. Son mayoría en la privada, rentan dos casas: Dulce y Salado. En una viven y en la otra tienen un estudio de grabación y dan clases de piano, de tambores y de no sé cuántos otros instrumentos, y todos los miembros de la familia saben tocar uno o varios. La única que me caía bien desde siempre era la hija mayor, yo creo que porque la vimos nacer, justo en la breve época en la que Noelia se arrepintió de no haber tenido hijos y nos dio por babear por los bebés. Aunque más bien Agatha Christie, o Ana, como se llama de verdad, me fue cayendo mejor conforme crecía, por inadaptada, y porque yo le caía bien a ella. Se venía a ayudarme con la milpa en las tardes, y me planteaba, como si fueran acertijos, los dilemas a los que se enfrentaban Poirot y Miss Marple en las páginas que ella devoraba. Nunca logré resolver ni uno solo de los misterios, por cierto, y no porque no lo intentara. A veces no le quería abrir la puerta, porque hubiera preferido estar solo, pero de tanto tenerla al lado le agarré cariño. No toma ni dos dedos de frente dilucidar que mi empatía por Agatha Christie es un cariño de espejo, porque ella es lo que fui yo: un niño ignorado en este mismo terreno toda mi infancia. Verla leyendo por los rincones me daba coraje con los papás, que según yo no la pelaban. Noelia en cambio los quería mucho, a ella le decía Lindis y le perdonaba todos los atrasos con la renta so pretexto de que ella y su marido eran artistas y tenían cuatro hijos. Cuando los niños eran muy chicos, todavía hacíamos cosas juntos: tertulias, asados; Linda tostaba mi amaranto y lo vendía por toda la cuadra, y una vez organizaron un concierto de un cuarteto de cuerdas en mi milpa, fue todo un espectáculo, pero luego cada quien fue agarrando su patín. O tal vez Noelia y yo nos hicimos demasiado viejos para su gusto y dejaron de invitarnos. Entonces yo empecé a decirle "la Gringa". Volvió a ser Linda apenas el año pasado, una mañana que se apareció en Umami con una colección de pañuelos y me dijo: Vengo a enseñarle a tu mujer a hacerse un turbante. La calvicie producida por las quimios había trastornado a Noelia. Nunca había sido especialmente pudorosa pero no soportaba tener el cráneo al descubierto e insistía en taparse con gorros, gorras y unas pelucas espantosas que le daban mucha comezón. Agatha Christie le ha de haber chismeado algo de ese drama privado a su mamá y al principio no supe cómo reaccionar a su visita inesperada, la verdad temí que Noelia, presa de ese pudor nuevo, se ofendiera. Pero, como he podido corroborar en distintas ocasiones a lo largo de mi larga vida, yo no poseo ni la mínima cuota de intuición femenina que se supone le toca a un hombre de este siglo, y el cursillo fue un éxito. Los trapos, como les dice Linda, fueron un alivio para Noe. Y durante una época, si coincidían en el pasillo, la privada parecía un retiro espiritual con tanta mujer enturbantada.

Luego, un día Linda se apareció en La Taza de Mostaza y se sentó a mi mesa. En adelante hicimos un pacto tácito, o algo así, de no mencionarle a nadie nuestros encuentros. A ella también la habían mandado de la chamba a su casa porque aparentemente es la manera rutinaria en la que las instituciones culturales lidian con las pérdidas, quizá para desmentir el cliché internacional de que en México sabemos convivir con la muerte.

En La Taza, Linda toma vodka, por discreción. Yo, que ya no tengo quien me huela, pido tequila. A veces se pone espléndido el mesero y me trae un caballito con sangrita que ella consume con el dedo, mojándolo y chupándolo. He intentado concentrarme para encontrar erótico el gesto, pero se entromete una ternura estorbosa. Además, la Linda es muy grandota, y a mí me gustan compactas: Noelia era un llaverito. Nunca bebemos más de dos tragos, ninguno de los dos. Yo porque siempre he sido mal bebedor, ella porque tiene que ir por los niños a la escuela. Linda se queda allí máximo hasta la una y media, y el vodka la hace llorar. Tiene unos ojos verdes y hundidos en sus cuencos, que cuando llora se hinchan y viran al rosa. A veces platicamos y a veces ni pasamos del saludo. A veces yo lagrimeo también. Entonces ella pide servilletas y nos sonamos. Si hablamos es sobre épocas remotas: su infancia gringa, mi juventud chilanga, eras previas a la vida con nuestras muertas, o hablamos de óperas que recordamos a medias. O de comida. Le doy recetas para salsas exóticas; me explica cómo hacer pepinillos encurtidos.

∞∞∞

Ahora que lo pienso, el matrimonio no es muy distinto al canal 5 a media mañana. Al final, estar casado es ver muchas veces una misma serie de películas, algunas más favoritas que otras, y lo único que va cambiando es lo pasajero, lo de en medio, lo que atañe al presente: las noticias, la publicidad. Y no lo digo porque sea aburrido, al contrario, lo digo porque es terrible lo que he perdido: el cemento que unía las horas, el consuelo de la presencia conocida de Noelia, que lo llenaba todo, todos los cuartos, cuando estaba en la casa y cuando no también, porque yo sabía que, a menos que alguien se le infartara feo en las manos, vendría para comer y echarse la siesta, más tarde vendría para cenar, ver la tele y quedarse dormida con sus pies fríos pegados a mi pierna. Lo demás, todos esos eventos mundiales, caídas de muros y monedas, dramas privados y nacionales, ni quién los extrañe, fueron nada. Uno lo que extraña es lo repetido, lo que parecía imprescindible y resultó no serlo. Como el amaranto cuando lo prohibieron. ¿Qué habrán pensado los aztecas cuando los españoles les quemaron sus campos de planta sagrada? Hijos de puta, han de haber pensado. Y también: ¡Imposible! Imposible la vida sin el *huautli*. Pero estaban equivocados y yo también: Noelia se murió y la vida sigue. Una vida miserable, si se quiere, pero aún como y cago.

∞∞∞

Los bichos esos, llamaba mi mujer a las mariposas. Yo nunca pude entender cómo alguien podía ver en una mariposa algo feo, mucho menos una michoacana. ¡Te revolotean!, era su argumento. Repetía mentiras de quién sabe qué parte de su infancia: Las palomillas, si te revolotean cerca de los ojos, su polvo te deja ciego. ¿Qué clase de científica eres?, le preguntaba yo. Una científica paranoica, eso es importantísimo, fíjate, tú siempre asegúrate de que tu doctor sea creyente, o de perdis temeroso del juicio final, porque a todos los demás les tiene sin cuidado el alma y son carniceros nomás.

∞∞∞

Aquí el *top ten* de las películas matrimoniales infinitamente reprogramadas en esta casa durante los últimos treinta años:

Electrocardiograma difícil hoy, sírveme un tequila
Si llama mi doctorando, dile que no estoy
¿Para cuándo los niños?
La milpa y el amaranto

Los inquilinos
La privada Campanario
Chinge a su madre el beeper
Sólo hija, hija vieja
Umami
Las nenas

∞∞∞

Noelia construyó una misticología oral sobre el género del "sólo hija" que malamente intentaré reproducir con la ayuda de Nina Simone y lo que sea que yo recuerde. Yo soy hijo también, hijo nada más y ahora hijo viejo, pero jamás logré identificarme con lo mucho que Noelia suponía derivaba de esta condición nuestra, conscientemente elegida, de no ser padres de nadie.

Al estado de ser sólo hija, Noelia lo llamaba hijitud. Yo le dije que eso era un concepto errado, porque sería como decir "humano" o incluso "ser vivo": todos somos hijos. No me importa, dijo ella. Entonces le sugerí que, puesto que existe maternidad, paternidad y hermandad, hijidad quedaría mejor que hijitud. Pero no me hizo caso.

Misticología tampoco es una palabra, desde luego, pero en tres décadas los malos hábitos del otro se vuelven los de uno, así que ahora yo también inventaré palabras cuando se me antoje. Total, a Nina Simone nadie vendrá a juzgarla. Jamás permitiré que la toque un corrector de estilo, mucho menos que caiga en garras de la academia ni en ese hoyo de ratas que es la revisión por pares.

Decía: Aunque yo no me sentía identificado con los rasgos característicos de la hijitud, Noelia me los diagnosticaba toditos. Yo la desmentía, no fuera más que en mi fuero interno, básicamente porque los mismos defectos que ella me achacaba (y que yo reconocía) (a veces) los veía yo en mis amigos con hijos. Sobre todo mientras más viejos nos hacíamos. Impacientes, enojones, intolerantes, machotes, consentidos, achacosos, tercos, muy tercos; Páez tuvo tres hijos y con cada uno de ellos se volvió más terco todavía. Noelia me decía que era por no tener hijos por lo que yo era así como era a veces. Si hubieras tenido hijos, me decía, hubieras desarrollado la memoria/la concentración/la tolerancia/la disciplina.

¿Eso qué tiene que ver con los hijos, mujer?

Que si tienes hijos tienes que ir por ellos a la escuela todos los días, a la misma hora, y si se te olvida ir luego te duele muy *projundo*.

Pues a mí me duele, fíjate, cuando se me olvidan las cosas.

Pero no tanto, Alfonso, porque no tienes quien te lo recuerde.

⸎

Noelia Vargas Vargas estaba encargada de advertirme cuando alguien me albureaba, porque yo ni enterado. Teníamos un código para eso. Ella ladeaba la cabeza en diagonal, como hacia el frente, y yo procedía a defenderme. Alguna vez intenté detectar dónde exactamente había sucedido el albur, pero como casi nunca daba, mejor aprendí a protestar en cuanto ella ladeaba la cabeza: Ora —decía yo—, no me albureen. En plural, porque las más de las veces tampoco sabía de quién en la mesa me estaba defendiendo. Muchas veces había sido Noelia misma, en cuyo caso, una vez terminado el encuentro, me explicaba con manzanas y se moría de la risa. Siempre le parecí muy cándido. Solía decirle de mí a la gente, amistosamente, como si fuera una más de las pintorescas consecuencias de casarse con un antropólogo, si estábamos entre médicos, o con un chilango, si estábamos entre michoacanos, que yo tenía tres carencias básicas: nunca aprendí a alburear, ni a manejar, ni a nadar. Según yo, lo tercero no es del todo cierto, porque sé flotar de perrito.

El punto es que, a veces, la Noelia era más cabrona que bonita. Sobre todo al principio, estaba a la defensiva, según ella por tanto trabajar entre puro hombre, quién sabe. La primera vez que nos peleamos feo, me dijo algo que nunca le perdoné por más que me pidió disculpas. Lo que me dijo fue muy sencillo y tal vez cierto: Coges como riquillo.

∞∞∞∞

Con todo esto se me ocurre que el patito inflable podría decirse que es mi álter ego, ¿por qué no? Voy a firmar todo aquí como Pato Viudo, Señor del Amaranto. A ver si me acuerdo de darle "Guardar" a las cosas. ¿Hasta cuándo, pregunto, el símbolo para guardar archivos va a seguir siendo un disquete?

No estoy de sabático de verdad, por cierto, doña Nina Simone, déjeme le cuento, no se me vaya a confundir. El sabático es nada más en el papel. En la mente y el espíritu, yo ya estoy retirado. Si me retiro en el papel, con mi pensión del instituto me moriría de hambre. De hambre, ¡yo!, el experto en el amaranto sagrado, el introductor del concepto del umami en la conversación gastronómica nacional... todo porque el baboso no ha atendido su milpita desde el bajo 2001 y el maíz es muy aguantador pero tampoco es todopoderoso. Hasta las mazorcas necesitan su agüita. Hasta un pato viudo necesita amor. Ándele.

¿Qué más?

Laptop. Triceratops. Teen Tops. ¿Cuál va a ser mi tema de investigación para la nueva máquina?

Va a ser Noelia.

2 0 0 1

Camino a cuatro patas entre los árboles. Voy cantando camu-flash, flash, flash. Quiero encontrar hongos, no quiero encontrar babosas. Acabo de aprender la palabra camuflash. Quiere decir que nadie puede verme. Soy como los hongos escondidos entre el lodo y las hojas. Las hojas se soltaron de los árboles. Son castaños. También se sueltan unas bolas verdes con piquitos que, según Emma, adentro tienen castañas. Sólo saltan una vez y luego se quedan ahí tiradas. El plantío es vecino de la abuela Emma. Más o menos. En México nuestros vecinos viven todos adentro de la privada, pero aquí vecino es quien vive más o menos cerca. Cerca de ti o cerca del lago. Aquí a todos lados hay que ir en coche y todo está camuflasheado.

El abuelo, por ejemplo, está camuflasheado en el lago. Bueno, sus cenizas. Y Emma les platica cosas cuando camina por la orilla y echa al lago las cenizas de su cigarro, tal vez para hacerle compañía. Yo no me acuerdo del abuelo pero mi hermana más grande sí. Según ella, el abuelo tenía la nariz muy roja y decía nuestros nombres así: An, Tio, Olmou, Light.

El abuelo era piloto y por eso tenemos boletos gratis siempre en el avión y por eso volamos mucho como pájaros pero sin plumas y sin chiste. Bueno un poco de chiste sí, porque te traen la comida en charolas y unos quesitos en forma de triángulo. Mi mamá dice que cuando se murió su papá el piloto, Emma estuvo cortando sus suéteres y retejiéndolos hasta que con ellos había hecho suéteres para todos nosotros. Olmo les dice nuestros suéteres de lana de muerto.

Mi mamá chifla. Trae unas botas de plástico prestadas y en el codo trae una canasta. En la cabeza trae un trapo blanco. Ella les dice trapos, a las cosas en su cabeza. Su canasta está llena pero es trampa. Mamá recoge todo lo que se encuentra. En el otro brazo trae a Emma, que no aprueba su técnica de recolección, así le dijo, y por eso no la suelta. De cada hongo que mamá recoge, la abuela va diciendo: Éste es venenoso. O: Éste no es venenoso pero sabe horrible. O: Ése por favor ni lo toques. A mí no me dice nada porque yo no hago trampa.

La abuela Emma, cuando llegamos esta vez a verla, me dijo Cacahuate. Me dijo: El verano pasado todavía eras un cacahuate. Me gustó eso. Pero Ana dijo: O sea que eras una bebé, y eso ya no me gustó. Tengo casi seis, le dije a Emma, y ella dijo: Five is a lucky number.

Hoy los niños se fueron de campamento y las niñas nos quedamos a buscar hongos. Emma nos dio canastas y bolsas y nos explicó cómo es el hongo que tenemos que buscar, las black trumpets. En español se llaman las trompetas de la muerte, aunque lo negro y lo muerto no es igual. No se puede confiar en el inglés, lo traduce todo mal. Además muy negras no son, son más como un café muy oscuro. Lo sé porque a mí Emma me dio una trompeta para mí sola, en una bolsa de sándwich. Ahorita la vengo arrastrando y ya tiene tanto lodo la bolsita que no se ve nada para adentro. Mi trompeta de la muerte está camuflasheada. Está contenta. Emma dijo que es mi espécimen guía. Espécimen es cuando algo es uno de su especie.

Los niños son mi papá y mis dos hermanos y el papá de Pina, que se llama Beto. Se fueron en una canoa y van a dormir en una isla en medio del lago. Yo quería ir con ellos, pero luego vi que Theo estaba metiendo a la mochila unos popotes y mejor me fui con las niñas. Es que ayer Pina nos hizo respirar por los popotes con la cabeza metida en el lago y se siente horrible. Sólo Theo aguantó mucho tiempo y ahora se cree el rey del popote y quiere jugar a eso todo el día.

Las niñas grandes son mi mamá y Emma, las niñas chicas somos yo y mi hermana Ana y su amiga Pina, que trae amarrado un suéter de lana de muerto que no es de ella. Ella no tiene porque ni es de la familia. Mi mamá se lo prestó por si le daba frío. Le decimos Pi y cuando nos cae mal le decimos Pipí y Ana se enoja muchísimo. Pi está triste porque su mamá le dejó una carta. Yo si mi mamá me dejara una carta me pondría contenta, pero cuando le dije eso a Ana, me dijo: Porque tú eres tonta. Ana tiene diez años y se cree la reina del bosque.

Cuando a Pina le dieron suéter yo extrañé el mío. Mamá dijo que sólo me lo podía poner si me quitaba todo lo demás. Por eso abajo del suéter sólo traigo mi traje de baño y por eso el lodo me raspa las rodillas. Por eso trato de ir por donde está más mojado, donde resbalo.

Encuentro un río de lodo y lo sigo aunque me aleja del camino aunque en realidad no hay un camino porque los castaños están sembrados en filas y si los miras desde un punto correcto se esconden uno detrás de otro y, entre las filas, todo lo que no es castaño es espacio vacío, y todo lo que es espacio vacío es camino.

Mi suéter de lana de muerto es amarillo y pica rico. Pero las mangas me quedan largas y me las tengo que doblar como un acordeón hasta los hombros. Dijo Theo que existen unas babosas gigantes, amarillas con negro, que se llaman babosa banana. Dijo que yo parezco una con mi suéter. Yo le dije que tiene cara de puercoespín y Olmo dijo: Luz está correcta. Siempre que venimos al lago mis hermanos empiezan a hablar raro. Yo por eso no voy a hablar inglés. Nunca voy a hablar inglés. El inglés te pone raro.

Donde termina el como río me siento a sobarme las rodillas con lodo. El lodo cura todo. Junto a mi pie veo algo y ese algo es un black trumpet. No me muevo, sólo los ojos. Veo otro, tres, cuatro, todos juntos. Saco el hongo que tengo en mi bolsita para checar y sí: son idénticos. Según Emma, cuando encuentras uno encuentras muchos. Me doy la vuelta. Estoy otra vez a cuatro patas y les canto más rápido para que aparezcan: flashi flashi flashi flash, y funciona. De pronto donde no había nada veo miles de millones. Es como los dibujos 3D que tiene Olmo en un libro, que si te quedas viendo no ves nada, pero si haces bizcos ves un dinosaurio. Grito: ¡Trompetas!, ¡trompeeetaaaas!, hasta que mi mamá aparece dando brincos entre los árboles. ¿Dónde?, dice.

Híncate, le digo. Pero sólo se acuclilla. Le señalo y después de un ratito ella también las ve: están por todas partes, del mismo color de la tierra: las black trumpets son las reinas del camuflash.

Llegan Pina y Ana a recoger de mis trompetas y quiero que se vayan pero no les digo nada porque me felicitan mucho. Emma recoge unas poquitas y las huele. Dice que las vamos a hacer con espaguetis y ajo y vino blanco y ¿no te dije que el cinco era de buena suerte? Le digo: Soy un cacahuate con suerte. Mamá dice: Eres mi cerdo trufero, es lo que eres, y luego me arremanga el suéter. No sé qué es eso, pero debe ser como un cerdito de trufa, o sea de chocolate. Me levanto y tengo las piernas totalmente cafés, debe de ser por eso. Soy un cacahuate cubierto de chocolate. ¿Te quieres bañar?, me pregunta Emma. Al rato, le digo. Okey dokey, dice ella.

Ana y Pi se van a dejar las trompetas a la casa porque al final llenamos una bolsota de papel entre todas. Las demás seguimos caminando porque ahora la abuela quiere que encontremos otro hongo, un chanterelle que es amarillo pero no es ninguno de los amarillos que tiene mamá en su canasta, ni tampoco como mi suéter, ni siquiera como el amarillo de las babosas banana que, además, sólo existen en la otra costa. ¿Del lago?, le pregunto. Del país, dice mi mamá.

Yo quiero encontrar el chanterelle, lo voy a encontrar. Caminamos. Tengo tanto lodo en las rodillas que hay allí como unos pasteles, un poco redondos como cacas de vaca. Me gustan. Me gusta caminar con las adultas porque platican sin secretearse y no te hacen hacer nada con popotes. Pina y Ana un día me intentaron meter un popote en la colita porque según ellas todas las mujeres tenemos allí un hoyo para hacer hijos. Pero yo no tengo un hoyo porque cuando intentaron no se pudo y entonces nunca voy a tener hijos.

Mi mamá recoge un hongo para su canasta llena, y Emma le dice: Ése es estupefaciente.

¿Qué es eso?, pregunto.

Que da sueño, dice mamá.

Que da risa, dice Emma.

Que te hace ver cosas, dice mamá.

Para mí que ese hongo no suena tan mal.

¿Cuál es?, pregunto, y me señalan uno en la mano de Emma pero no dejan que lo toque. Emma recoge castañas y las va echando en los bolsillos de su suéter, que de tan estirados ya parecen esos calcetines que cuelga en la chimenea en navidad, cuando venimos a verla, y nos los llena de regalos falsos, como fruta y crayolas. ¿Te las vas a comer?, le pregunto. Las voy a pintar, dice. ¿De qué color?, le pregunto.

No voy a pintarlas directamente a ellas, voy a retratarlas en una naturaleza muerta.

Un bodegón de la cosecha de tu abuela, dice mi mamá.

Un bodegón minimalista este año, dice Emma.

Se ríen las dos suavecito y yo me río también, para que crean que entiendo de qué hablan pero también porque es como un coro y si no te ríes es como si no cantaras, y si no cantas es como si hay un lago enfrente y tú traes el traje puesto y no te echas a nadar. Como Ana, que nunca se quiere echar a nadar. Dice que le da cosa el lodo. Yo sé que le da pena que la vean en traje de baño y extraño antes, cuando no le daba pena todo.

Emma nos hace sostenerle sus castañas mientras busca su encendedor en los bolsillos gigantes. Se me caen algunas, pero no le importa. Tiene un cuello largo de jirafa y siempre parece que está triste hasta que le da una carcajada y echa el cuello hacia atrás. Tiene los dientes amarillos y el pelo rojo menos pegado a la cabeza donde lo tiene blanco. Tiene una camioneta vieja en la que hay tantas cobijas que podrías vivir allí, y siempre trae cosas calientes en termos de colores: leche, té, sopa, café. Todo el tiempo sostiene un cigarro con una mano y ese codo con la otra mano y eso siempre me recuerda al atril en el que mis papás apoyan sus partituras cuando practican. Cuando sea grande, yo quiero ser como la abuela pero en mexicano. Pero mi mamá dice que es genéticamente imposible: Emma sólo es mi abuela porque estaba casada con su papá. Genético es cuando es algo de la gente a la que te pareces. Mi mamá no se parece a Emma, pero igual la llama Mom. Emma sólo le lleva diez años, pero le dice Kiddo. A todos nos dice Kiddo. A mi papá también, pero a Beto le dice Bito.

Casada con tu papá no estaba, dice Emma, casada nunca.

Arrejuntada, corrige mamá, en español. Emma intenta decir arrejuntada, pero la erre le sale aguada.

Cuando yo sea grande también me voy a arrejuntar con un piloto, les digo, y luego me pongo en cuatro patas y me voy para otro lado, como una babosa banana en zancos.

2 0 0 0

Su mamá le explicó cómo se hacen los niños. Ahora está tratando de explicarle ella a Ana, pero se hace bolas. Ana asegura que ella no tiene ningún hoyo para ningún pene. Pina va a demostrarle que sí tiene: su mamá no es ninguna mentirosa. Ana se quita el pantalón y las bragas. Es ella la que dice bragas, porque así les dicen en sus libros traducidos en España. Pina dice calzones.

Ponen la ropa sobre la barda de piedra que rodea la pequeña área de juegos del hotel, y Ana se acuesta sobre ella. Deja caer un pie a cada lado. Pina observa concentrada. Para encontrar el hoyo, como ella no tiene pene, se le ocurre usar una herramienta. Baja de la barda, abre su mochila, encuentra un lapicero Bic negro con verde. Le sume la puntilla para no rayarle la cola a su amiga. O porque qué tal si se rompiera adentro de Ana y se le quedara allí para siempre y cuando tenga hijos le salen color grafito. ¿O tal vez mejor usarlo del lado de la goma? Pina no le dice nada de eso a Ana: ya de por sí le costó trabajo convencerla de que se encuerara. Ana cree que lo sabe todo, y dice que los niños se hacen cuando los papás hacen el amor, porque fue lo que su mamá le dijo. Esa teoría enoja a Pina. Porque es muy boba, para empezar, pero también porque querría decir que los papás de Ana se quieren más, por eso tuvieron cuatro hijos, que los de Pina, que la tuvieron nada más a ella, como si no tuvieran más amor para hacer. Pina quiere demostrarle a Ana que, por una vez, Ana está equivocada. Esto de los hijos no tiene nada que ver con el amor. Es un asunto físico, mecánico, el hombre le mete el pene a la mujer, su mamá se lo explicó todo: el pene del hombre lanza unos como renacuajos que son semillas de bebé.

Entre la barda y la mochila están los columpios. Abajo de uno está Luz, que Pina y Ana están cuidando mientras los niños nadan y los papás toman cervezas junto a la alberca, al otro lado del hotel, donde está todo el mundo menos ellas tres. Pina le toca la cabeza a Luz: tiene unos bucles que rebotan al mínimo contacto. Luego vuelve a subirse a la barda, donde Ana ahora está de pie, parada de puntitas, haciendo como si caminara por una barra gimnástica. Pina la empuja levemente y Ana se espanta, pero no se cae. Dice: Me voy a caer como Humptey Dumptey y te van a meter a la cárcel. Pina no pregunta quién es ése. Acuéstate, le dice.

Ana se acuesta sobre la ropa. Pina le dice: Abre bien las piernas. Ana las abre pero no deja de mover los pies y así no se puede. Estate quieta, ordena Pina. Esto, u otra cosa, le da gracia a Luz, que suelta una serie de risitas. Pina la mira de reojo: está meciendo un columpio vacío. Antes de ponerse a hablar del hoyo para hacer niños, Pina y Ana también se mecieron en los columpios. Las cadenas están oxidadas y ahora, cuando Pina se acerca la mano a la cara, huele el metal de la cadena.

Pina se afana recorriendo la cola de Ana con el lapicero BIC, intentando hacer que entre por alguna parte. Se imagina que el hoyo para hacer niños tiene una compuerta secreta: tienes que presionar el punto exacto con un pene o la goma de un lápiz, y entonces se abre. Un poco como el reloj despertador que, para poder programar la hora, debes meter la punta de un alfiler en un hoyito casi invisible que tiene atrás.

Ana se desespera. No tengo hoyo, dice, y le tiembla un poco la boca. Pina no titubea, a veces la hace llorar, luego se le pasa. Pero Ana cierra las piernas, dice: Tal vez si eres gordita no tienes hoyo.

No seas tonta, dice Pina: Todas las mujeres tienen hoyo, si no ¿por dónde sale la pipí? Dice eso aunque sabe que lo que Ana quiere oír es que no es ninguna gordita. Pero sí es. Un poquito. No le dice. La verdad es que su mamá le dijo que el hoyo de la pipí no es el hoyo de hacer niños, pero ella se los imagina parecidos: son vecinos. Es como que viven en la misma privada.

Ana ofrece: Tal vez si hago pipí ves por dónde.

Qué asco, amenaza Pina blandiendo el lapicero: No me vayas a hacer pipí encima o te acuso que dejaste a Luz sola en los columpios. Luz está cantándole a la ru ru nene al columpio vacío. Tal vez Luz ve un nene en el columpio, ya lo han platicado antes Pina y Ana: Luz está siempre hablando con alguien invisible. Ni bien piensa esto Pina, se oye el golpe seco del columpio dándole a Luz en la frente. La niña grita, se deja caer al pasto, llora.

Ei, Luchi Luchi, grita Pina: Ei, ven a ayudarme. Pero Luz no le hace caso.

Ana salta de la barda. Va y levanta a su hermana, la sube al columpio, la mece.

No hemos acabado, dice Pina.

¿Por qué no intentamos en ti?, dice Ana.

Me da pena quitarme los calzones.

Ay, pero yo ya me los quité, reclama Ana.

Pina le avienta sus calzones desde la barda. Luz se ríe. Se ríe bonito. Cuando se ríe, a Pina le gustaría tener hermanos. Luz se pone los calzones de sombrero, pero Ana se los arrebata y los avienta de regreso a la barda; aterrizan sobre el pasto. A veces Ana es muy brusca con su hermana. Todos son a veces muy bruscos con el otro y cuando son bruscos a Pina no le gustaría tener hermanos, mucho menos cuatro. Dice: Ya he intentado mil veces en mi casa y no me lo encuentro.

¿Y cómo es el pene?, pregunta Ana.

No sé, dice Pina, porque mi papá no quiso enseñármelo aunque mi mamá le gritaba: ¡Es lo natural, es lo natural!, pero él no quiso y ya.

¿Y si probamos con Luz?

¿Y si nos acusa?

Le decimos a mi mamá que se hizo del baño y teníamos que cambiarla, decide Ana ya bajándola del columpio.

Bueno, dice Pina, y le saca todas las minas al lapicero. Las cuenta: son ocho. Se las guarda en el bolsillo. Tal vez se rompan pero con la hermanita no quiere correr ningún riesgo. Se le ocurre otra cosa. Cerca de los columpios, en el suelo, hay un refresco con un popote. Pina se guarda el lapicero en el bolsillo, agarra el popote de la lata y lo limpia contra su short.

Entre las dos acomodan a Luz sobre la barda, encima del pantalón de Ana. Pina intenta quitarle el traje de baño pero se atora, no es como desvestir a un muñeco, una vez Ana y ella desvistieron a escondidas a Kenny, era más fácil. Pero Ana sabe hacerlo. Viéndola hacer, a Pina se le ocurre que el secreto es no tener miedo, se le ocurre que la gente con hermanos tiene menos miedo de todo. Luz sigue risueña, canta: en el umpio, umpio, umpio, hay un sucio barrigón. ¿Cuál sucio barrigón?, pregunta Ana. ¡Qué miedo!, dice Pina. Pero Luz sigue cantando la canción conforme la va inventando. Ana le sostiene las rodillas y, para distraerla, le hace coros: columpio, umpio, umpio. Pero Luz la calla: Déjala en paz, dice, es mi canción.

Esta cola, Pina la encuentra aún más difícil que la anterior y, además, en cuanto acerca el popote, Luz se retuerce y le dificulta la labor. Primero, Luz se ríe, pero luego empieza a llorar. Ana le sostiene los brazos arriba, juntándole las muñecas. Pina renuncia casi de inmediato. Nadie la ha castigado nunca pero sabe cuando está haciendo algo digno de castigo. Sueltan a Luz y le hacen cosquillas hasta que se gira y casi se cae de la barda.

Tal vez Luz y yo no tenemos hoyo, reflexiona Ana: Por eso somos hermanas.

No entiendes, dice Pina, ya no muy segura de nada. Salta de la barda, dice: Si no tienen hoyo, nunca van a tener hijos. Pina se sube a un columpio, de pie, avienta la pelvis para delante y para atrás, se mece con furia. Está pensando que no existe el hoyo ni el pene, que todo es una leyenda para niños tontos, otro de los cuentos que cuenta su mamá, como cuando dice que va a ir por ella a la escuela y en vez de ella aparece su papá, como cuando le dijo que la podía acompañar a su clase de danza pero luego se fue sin Pina y sin avisar.

Oyen un silbido. Luz lo reconoce y aplaude. Unos segundos después llega Linda al jardín de los columpios. Pina se pone nerviosa, tiene miedo de lo que sigue, de que su tía Linda la regañe. Deja de mecerse pero se queda parada en el columpio. Aprieta las cadenas entre las manos y mira sus pies, mira su sombra en el pasto. Linda anuncia que tienen que regresarse al D. F. de emergencia, porque llegó la abuela Emma de sorpresa y no hay quien le abra. ¡Vístanse!, ordena. Pero no se refiere a Pina. Pina es la única que está vestida. Pina va a tener que quedarse allí todo el fin de semana.

II

2004

Es mediodía cuando salgo por las herramientas. Salgo para no convivir con mi mamá, que está como una cabra. Hace media hora irrumpió en mi cuarto gritando:

¡Regrésale!

¿Eh?

Regrésale a esa rola, dijo sentándose en lo que era la cama de Luz y ahora es mi *chaise longue:* Pásame el control.

Le di el control del estéreo. Estaba puesto un disco que yo apenas conozco. Mamá se enajenó con el botón de rewind y oímos doscientas veces esto: *mentiras que ganan juicios tan sumarios que envilecen el cristal de los acuarios de los peces de ciudad, que mordieron el anzuelo, que bucean a ras del suelo, que no merecen nadar.*

¿Qué te pasa?, le pregunté cuando por fin aventó el control en la cama y dejó avanzar la canción.

¿Alguna vez le pusiste eso a Luz?

Nel, me lo acaba de quemar Marina.

Mamá se me quedó viendo, yo me reí, ella se levantó y sacó el disco del estéreo. Te prohíbo oír esa canción, dijo y, ya en la puerta, viendo el disco: ¡Te prohíbo oír a Joaquín Sabina!

Ajá, le dije. Mamá nunca me ha prohibido nada. Y no digas nel, dijo, y se fue por el pasillo.

Le grité: ¡Estás jugando con mi salud mental!, pero no contestó. Cuando bajé para desayunar, vi el disco roto en la cocina.

Salgo al pasillo de la privada y la luz rosa me lastima los ojos. Anoche me quedé leyendo. Leí una novela completa, pero una fácil, no como las que me manda Emma. La personaja tenía quince años y un tumor en el cerebro. Sus chichis, según ella, parecen plátanos. Es mi libro favorito, ahora. Porque siempre las chichis de todas las personajas parecen manzanas o melones o naranjas, en las metáforas. O más bien en los símiles. Pero mis chichis, cuando me agacho, cuelgan para abajo como si tuviera cuarenta años en vez de trece, y por eso ya no voy nunca jamás a bañarme a casa de Pi, aunque tiene tina. A Pi le gusta hacerme plática y a mí no me gusta que me vean desnuda. Pina tiene las chichis chiquitas y cónicas. Si fuera un símil diría: como el sombrero de la abuela. Tienen un pezón café oscuro perfecto al final, como una avellana. Yo, mi pezón es liso. Y mi piel es translúcida; se me ven unas venas azules, tristes, como de mal agüero. Ya no quiero pensar en eso. En el pasillo de la privada están las nenas tomando el sol. A veces Alf las deja allí afuera por horas. Me acerco a su carriola doble y les explico: Personaja no es una palabra, pero debería serlo.

Traigo conmigo el carrito rojo para transportar lo que sea que consiga con los vecinos. Empiezo con los únicos que conozco afuera del Campanario: Daniel y Daniela viven en una casa justo enfrente de la privada, con dos labradores, un bebé y otro en camino. No son horribles pero tampoco son maravillosos. Son argentinos. Algunas tardes, Pi y yo cuidamos a su bebé. Están más o menos bien, excepto que usan mucho la palabra orto, y que yo ya la busqué en el diccionario. No deberían usarla frente al niño. Como me esperaba, no están en casa. Traigo notas preparadas. Saco una y escribo hasta arriba sus nombres (Daniel,

Daniela, Bebé). El bebé se llama Bebé porque no le han puesto nombre. Piensan que tienes que entender la personalidad de un niño antes de nombrarlo, porque si lo haces al revés obligas a tu bebé a tener la personalidad de ese nombre, y no la suya nata. Mi papá apuesta, aunque no frente a ellos, que ahora Bebé va a llamarse Bebé para siempre. Pero D y D no quieren eso, simplemente se niegan a darle un nombre sin tomar en cuenta su opinión, están esperando a que Bebé esté en edad de opinar. Y es que un nombre, dice Daniela: te marca mucho más de lo que te imaginás, boluda. Dice que en su "secundario" iba un tal Abel al que su hermano atropelló. ¿A propósito?, le pregunté. Me dijo: Fue sin querer, pero era el destino.

Echo la nota por debajo de la puerta. Me hinco para ver si entró bien y veo unos pies inmóviles, mirando hacia mí. El corazón se me acelera. Me levanto y corro a meterme otra vez en la privada, el carrito rojo haciendo ruido contra el adoquín. Azoto el portal. Me abalanzo sobre el timbre de la primera casa. Qué miedo esos pies así, tan cerca de la puerta y sin abrirme. Ha de ser Daniel, me digo: Ha de estar con otra.

La primera casa es Amargo, donde vive Marina. Mis hermanos la llaman señorita Mendoza, que es el nombre que está en su timbre, pero ella me ha dicho que "eso de señorita" la hace sentir "vieja y guanga", y que "sólo" tiene veintiún años. Marina es nuestra soltera local. Pina y yo también somos solteras, pero Pi no piensa llegar así a los catorce, juró que se va a conseguir un amor de verano (así dijo ella) en Matute, o comoquiera que se llame la playa de su mamá.

Marina a veces vive sola y a veces con un novio. A cada rato le vemos uno distinto y por lo general son tan guapos que, si me los encuentro en el pasillo, tengo que recitar poesía dentro de mí (caracol caracol que vas por el sol, quiero ser llorando el hortelano) para no ponerme roja. Tal vez guapos no es la palabra. Digamos: altos. Y cuando digo "local", me refiero a la privada Campanario, donde transcurre mi vida excepto por las demasiadas horas pasadas en una escuela a la vuelta de la esquina, o en La Michoacana de la siguiente cuadra. Los niños de ciudad ocupamos un perímetro de risa.

Hace unos meses, la Asociación de Vecinos se hizo de varios litros de pintura de un rojo rosáceo espantoso que la Comex de la avenida estaba rematando. Fue culpa de Marina: está obsesionada con los colores o con los nombres de los colores, y ella lo escogió. Coral, decían las latas, y todos tuvimos que pintar. Incluso mi mamá salió de su pequeña nube personal para pintar un rato. Ahora, si vas pasando por la calle cuando alguien abre la puerta que da a la privada, te da la impresión de estarte asomando a una laringe: el largo pasillo como hecho de tejido vivo, el sol rebotando en el tirol como rocío, como saliva.

Marina me abre la puerta en jeans y una blusa blanca. Su estilo es quizá la tendencia de moda que más tiempo llevo observando. No la entiendo pero me encanta. Cuando llegó a la privada, Marina era nuestra nana. Nos cuidaba mientras mamá hacía su duelo por Luz. Nos ponía a dibujar en la sala. Desde allí veíamos pasar el desfile de mujeres por el pasillo de la privada, que entonces era de un color que Marina llamaba moradicomio. Y eso parecían, las mujeres, una fila de locas, siempre agitadas, recién salidas de algún embotellamiento o momentáneamente suspendidas entre dos mandados. Nos veían por la ventana y se metían a la casa para estrujarnos. Algunos días, mamá se tomaba vinos y tecitos con todas las mujeres que llegaban, y entonces se iban tranquilas, la muerte de mi hermana como una píldora para relativizar sus propios dramas. Otros días, mamá ni les abría la puerta y Marina tenía que disculparla frente al mujerío: Necesita descansar, les decía, y en el recibidor se apilaban las galletas, las mermeladas, la marihuana que le traían, todo envuelto en listones y telitas y canastas. Algo que entendí entonces: la industria del regalo puede estar agringada en terreno de navidades, nacimientos, pascuas, pero en caso de muerte se apela a la tradición mexicana. Nunca he recibido tantas pepitorias, jamoncillos, palanquetas, como cuando se murió mi hermana. Me parecía idiota entonces y me lo parece ahora. Igual me las comía. Las mías y las de mis hermanos.

Mi mamá y Marina también se la pasaban tomando vinos y tecitos hasta que el año pasado se pelearon, nunca he sabido por qué. Cuando le pregunto a mamá, me dice que Marina es una traicionera, o que se alió con otro bando, o algo así, pero la última vez que intenté sacarle la sopa se quedó pensando un rato y luego dijo: Porque yo soy como Corleone, you better don't mess with my prole.

Qué pocha, le dije, y me sacó la lengua.

A Marina no me atrevo a preguntarle, pero una vez me dijo que no le gusta que mamá siga de luto, dice que es patológico, que vive encerrada.

Encerrada mamá no vive. Sigue yendo a los ensayos, dando clases en Casa Dulce, y si hacemos show en la escuela siempre viene. Aunque ya no toca en los conciertos. Pero ¿para qué ensayas entonces?, le pregunta la gente. Mamá contesta: Porque me mantiene a flote. Como si la lógica de su boya privada fuera material, evidente. Como si no estuviéramos todavía empantanados en el río de mierda que dejó la muerte de Luz en la casa. Sólo que ni a río llega, nuestra tristeza; es agua estancada. Desde que Luz se ahogó, hay algo siempre ahogándose en la casa. Hay días en que no. Días en que crees que estamos otra vez vivos, los cinco vivos de la familia: me sale un barro, a Theo lo llama una niña por teléfono, Olmo da su primer concierto, papá regresa de una gira, mamá hace un pay. Pero luego entras a la cocina y está el pay, todavía crudo, sobre la mesa de madera, la mitad de su superficie ya picoteada con el tenedor, la otra aún lisa, mamá con el tenedor suspendido, éste inmóvil, ella fija, y entonces sabes que siempre vamos a ser casi seis.

Marina me saluda como saluda ella. Te agarra por detrás de la cabeza para plantarte un beso (y si no la conoces y si eres un niño tonto como uno de mis hermanos, puedes pensar que va a besarte en la boca). Por el ángulo del saludo, veo que tiene puesto un *brassiere* negro. Tal vez yo necesito uno de ésos. Trece es definitivamente la edad para el primer *brassiere* negro. Me da pena si papá me lleva a comprarlo, tal vez Pi quiera acompañarme cuando vuelva. Entro a la Casa Amargo. Siempre me sorprende entrar aquí. Para empezar porque cada vez está distinta, para seguir porque hay algo hinchado en ella. Algo burbujoso. El estilo decorativo consiste en apilar cojines sobre un sofá amarillo pollo, que es la única constante del lugar. Algunos de los cojines tienen espejos diminutos que brillan por turnos según dónde te pares. Marina me ha heredado algunos que yo tengo en mi *chaise longue*. Los rellené con bolsas de plástico, como me enseñó. Luz diría de Marina: Es la reina del reciclaje. Toda esa ropa que me gusta la compra de segunda mano. Las manos ancladas en las caderas, me dice: Yes, miss?

Hasta que se pelearon, mi mamá le enseñaba inglés a Marina. Pero a nosotros nos habla en español. Nunca he entendido la lógica de eso. Papá entiende inglés pero lo pronuncia fatal. Según él, por principio hay que desconfiar de un idioma en el que libre se dice igual que gratis. En la casa, sólo las películas y los libros y las cartas a la abuela suceden en inglés. Mamá no quiere que seamos extranjeros, que es exactamente lo que somos. O por lo menos tenemos doble pasaporte. Hasta Luz tenía su pasaporte americano. En la foto es una bebé de unos meses, mamá la tiene en brazos y salen ambas serias, como espantadas, como si incluso antes del año mi hermana entendiera la gravedad del viaje que estaba por emprender. Cuatro por cinco centímetros de identidad premonitoria.

Le digo a Marina que estoy diseñando un jardín. Y en parte es verdad; Marina no necesita saber que mis padres aún sienten la necesidad de mandarme al epicentro de la tragedia cada año, para revolcarme entre algas y recuerdos bajo la mirada ahora obsesiva de Emma, y que para evitar el viaje tuve que inventarme un pago. Tampoco apreciaría la palabra milpa: demasiado indígena para ella. Diseñando, en cambio, es totalmente su estilo, me congratulo mientras sigo explicando: Y necesito herramientas. Pero ni bien lo digo, me doy cuenta de lo absurdo de mi petición. Entre todo este terciopelo, lo más utilitario que puede haber será una cuchara. Y si hay una cuchara debe ser todavía del menaje que le regaló mi mamá el día que descubrió que Marina comía exclusivamente en vasitos de yogur reciclados.

Marina entrecierra los ojos. Clava las manos en las caderas, eleva los codos y se curva alejando de mí su esternón. Le saltan las clavículas. Siempre hace eso cuando piensa, parece una mandolina. Luego, de pronto, alza las cejas, se endereza y sale del cuarto. No sé qué significa, no me muevo. Arriba de mí hay una nueva lámpara. Está hecha de cadenas de gotas sólidas y transparentes, que cuelgan en semicírculos alrededor del foco: una araña preciosa y submarina. Pero debe ser de plástico. Marina no usa vidrio. Mi mamá me explicó que es porque, cuando era niña, Marina vio a su papá romper una copa de vino con los dientes. Me da ñáñaras imaginármelo. De hecho, cuando quiero sentir ñáñaras me imagino justamente eso: a mi mamá mordiendo su copa en un berrinche.

Marina regresa y me entrega con una leve caravana el martillo más bonito, pequeño y ridículo que he visto en mi vida.

Mide la mitad de lo que un martillo normal y está impreso con un patrón barroco de flores y hojas. Marina lo desenrosca y me muestra cómo, dentro del mango, tiene escondidos de un lado una pala y del otro un cepillo. Me río.

La tierra, me dice, es de quien la decora.

Te los voy a ensuciar, le advierto, tal vez hasta con plomo.

Le digo plomo lento, para impresionarla. Marina entrecierra los ojos, luego dictamina: Quédatelos.

¿Segura?

Me los regaló un imbécil. Llénalos de mercurio.

Plomo.

Eso.

Suavemente, Marina me empuja hacia la puerta. Muchas gracias, le digo, me gusta tu lámpara. Me toma de la nuca, me besa la frente y, antes de cerrar la puerta tras de mí, señala el techo y me ilumina: Se llama candelabro, querida.

Cuando salgo de la Casa Amargo, las nenas ya no están afuera, señal de que encontraré a Alf en casa. Su timbre dice Doctor Alfonso Semitiel. Lo conozco desde que nací. En realidad la doctora era su mujer, pero él, desde que se retiró hace unos meses, complementa su pensión vendiendo a buen precio las recetas que ella dejó intactas. Y tampoco escatima en diagnósticos. A cualquier hora que lo visites insiste en darte "de merendar" una de las alegrías que siempre tiene en una canasta en la entrada, porque según él el amaranto es el alimento del futuro. Y del pasado, sobre todo del pasado. Alf es mi amigo. De hecho, Alf es la inspiración detrás de todo esto. Yo sé sembrar gracias a él. Pasé toda mi infancia sembrando con él amaranto y otros seudocereales mesoamericanos: quinoa, chía, acacia. Y cereales de verdad, también: trigo, cebada, avena, mijo, maíz, obviamente, y sus hermanas: frijol y calabaza. Era su MM: la Milpa Mejorada.

Con las lluvias tóxicas del verano casi todo se nos cebaba, pero algunas cosas se nos dieron. La MM estaba en su patio, pero la dejó morir cuando murió su esposa. Ahora, en su patio tiene un jacuzzi empotrado en una base de conglomerado. Mi papá, que es el menos médico de toda la privada, le diagnosticó a Alf depresión profunda. Pero yo cada vez que lo visito lo encuentro allí, remojándose y leyendo. Según él está aprendiendo a nadar o por lo menos, dice, a hacer bucitos. Extrañar la MM, hacerla renacer, ¡por Alf y por nosotros! Fue uno de los argumentos con los que finalmente convencí a mi mamá de que esto de renovar el patio se podía hacer. Parece contento cuando me abre: un perro salido del agua. Se envuelve en una bata y sigo sus huellas mojadas hasta el patio. A él no necesito explicarle mi plan porque ya lo sabe, de hecho el día que firmamos la servilleta fue a él a quien se lo vine a mostrar y no a Pina. A Pina la palabra agricultura sólo la remite al Superama a la vuelta de la esquina. O a La Michoacana. Para Pina, cosechar significa comprarse una horchata.

Nos sentamos en las mecedoras de la terraza, con vista al jacuzzi. Las nenas están en una banca: una mira a la otra y la otra mira al horizonte. Le explico que necesito herramientas y Alf me dice: Estoy tan pinche orgulloso de ti, Agatha Christie. Siempre me ha dicho así y, viniendo de él, me gusta, porque Alf es investigador. No investigador secreto, pero sí investigador. En realidad, Alf también es doctor, pero en antropología, no en curarte. Eso creo que sólo yo lo sé porque nadie entra aquí casi, nadie llega al estudio donde están sus diplomas y sus libros, algunos de los cuales él ha escrito. Su tesis de doctorado es sobre el umami, el quinto sabor, que no se conocía más que en Japón y que él ayudó a difundir en Occidente. O por lo menos en México. México es parte de Occidente. No me atrevo a decirle, pero yo también estoy orgullosa de él. Lleva su duelo mejor que mi mamá, no parece un fantasma, no enloquece arbitrariamente con cualquier canción, al menos no frente a mí, habría que preguntarles a las nenas qué piensan ellas. ¿Alf juega con su salud mental? Pero las nenas no tienen salud, ni mucho menos mente.

Alf va sacando herramientas de una minicovacha que por alguna razón cierra con candado, como si alguien fuera a venir a robarle su pala. ¿Y tu amiga?, me pregunta.

¿Pina?

Sí.

Está con su mamá.

Alf me examina, no sabe si estoy mintiendo.

Pues es que reapareció, le digo, y trato de pensar algo rápido para cambiar de tema porque no quiero que me interrogue. No sé si Pina quiere que Alf sepa que su mamá está, y ha estado todos estos años de silencio, en la playa esa, que ni siquiera está tan lejos. Le pregunto: ¿Cuándo fue la primera primera vez que oíste hablar del umami?

¿Nunca te conté? Fue en un congreso, en una cena en que me tocó sentarme junto a un japonés quejica, de esas personas que creen que su misión en la vida es hacer miserables a los meseros. Protestaba de que su plato no tenía umami, y yo por supuesto no sabía de qué hablaba, era 1969. ¿Esto te sirve?, pregunta mostrándome una manguera diminuta que conozco bien.

¿Un Dampit?

¿Un qué?

Dampit. Es la marca, es un humidificador de guitarras.

Alf se ríe. ¿En serio?

Creo que sí, a ver. Sí.

Siempre pensé que era para mantener húmedos los cactus y otras cosas que uno no riega jamás; me lo encontré un día tirado en el pasillo.

Seguro era de mi hermano.

Pues entonces ten, dile que yo se lo robé.

Hace mucho que no te veía reírte así, le digo sin pensar, y él me sonríe de una manera entre resignada y plácida, que me hace sentir más grande de lo que soy. Emma siempre dice de mí que soy un old soul y yo a veces creo que tiene razón.

Salgo de Umami con el carrito lleno. Además del martillo bonito de Marina y el Dampit inservible de Theo, traigo: una pala, un rastrillo, unos guantes sucios y enormes, una extensión de manguera y las tijeronas con las que Alf poda el arbolito de su entrada. Es un limón que nunca dio limones. Últimamente aprecio la gran cantidad de plantas que hay en su casa. Siempre me fijé en la MM, nunca en las macetas de interiores, que creía más el territorio de su esposa. Su esposa se llamaba la doctora Vargas y siempre me convidaba de sus dulces sin azúcar porque le preocupaba que yo engordara. A mí también me preocupa, ahora, un poquito, pero ya no puedo preguntarle nada porque se murió tres meses después que mi hermana. Cuando le pregunto a mi mamá si estoy gorda, me dice que no, que es baby fat y que voy a outgrow it. No sabe cómo decir esas cosas en español. ¿O sea que voy a crecer hasta dejar atrás la gordura como las pieles que dejan las víboras?, le pregunto. Relájate, me dice. No soy una bebé, le digo. Tienes unos ojos preciosos, me dice, y yo me desespero porque siempre me está cambiando de tema.

La milpa es un asunto de principios, pero las plantas de interior son más como una mascota. Es lo que siento al reparar en las plantas de Umami. Alf las cuida amorosamente. No tanto como a las nenas, pero parecido, muy como otros viejos del barrio hacen con sus perros. Me gusta quedarme horas en Umami. Pero esta vez me fui rápido porque desde que dije lo de Chela me sentí mal. Un poco traidora. El reencuentro con su mamá va a ser lo más raro que haya hecho Pina en nuestra vida, y será sin mí. Ni siquiera le ayudé a empacar. Decido que voy a llamarla en la noche, espero que funcione su celular en Macuque, o comoquiera que se llame la playa esa. Yo no tengo celular. Un día le pedí uno a mi papá y me dijo: Si vivieras en el siglo XIX, ¿qué pensarías de una niña de trece años que se pasa el día parada junto a su buzón esperando una carta? Que es patética, dije. Exacto, concluyó él. Se lo volveré a pedir cuando termine la secundaria. Por seguridad, será mi argumento.

Dejo el carrito junto a la campana, salgo otra vez de la privada, cruzo la calle y me asomo de nuevo por debajo de la puerta de enfrente. Siguen allí los pies y otra vez me hacen correr. Estoy de vuelta en casa, acomodando las herramientas en el patio, cuando entiendo dos cosas. Uno: yo soy una imbécil. Dos: los pies son unos zapatos.

Una semana después tiro la tierra con plomo. Como no se puede trabajar en las tardes con los aguaceros, me he estado levantando antes, casi temprano: tipo las diez.

Con la pala vacié la jardinera. Me tomó varios días. Fui metiendo el lodazo en el que se convirtió en bolsas de basura que coloqué momentáneamente en una esquina. Ahora jalo las bolsas a la calle. Una se me atora con la campana, se rasga y llena de tierra el pasillo. Ya lo lavará el aguacero.

Estoy depositando la última bolsa en la calle cuando Beto se asoma por la ventana de la Casa Ácido y dice: Estás contaminando, hija.

Al contrario, le digo, estoy regenerando el oxígeno.

Cámara, me dice.

Mi mamá toda la vida le ha llamado Pi a Pina. Pina a mi mamá la llama tía. Me da envidia eso también, por alguna razón. Yo también le decía tía a su mamá, que se llama Chela, y Chela a mí me decía Ananás, que es piña en francés, pero ya no nos decimos nada porque se fue para siempre cuando teníamos nueve años. A Beto todos le decimos Beto, y él a todos nos dice Hijo o Hija, aunque no seamos nada suyo.

¿Cómo va la hortaliza?, pregunta.

Ven a ver, le digo: Ven a tomar una cerveza en la nochecita, mi papá siempre sale a tomarse una en el patio como a las ocho.

Ya estás, dice.

Me creo muy generosa por haberlo invitado, debe extrañar a Pina. Aunque no más que yo. Beto cierra su ventana y yo entro a la laringe cual si fuera una bocanada de aire: ligera, magnánima.

La tierra nueva es mucho más suave y casi negra. La tengo en las uñas y en el pelo, y por más que la reparto no alcanza. Es un poco como envasar harina. Si la comprimes, puedes aplastarla tanto que sólo llenas media jardinera. Entonces tienes que empezar a esponjarlo de nuevo con el rastrillo. Una tarea penelopesca, o quienquiera que fuera la griega que tejía y destejía. Lo que no me encanta son las lombrices. Habrá más tierra pronto, y también pasto, iremos a comprarlo el sábado, después del cementerio. Mientras tanto, estoy limpiando el tirol de las jardineras. Jabón, cubeta, estropajo. Mamá me mira desde la ventana. Tiene la frente arrugada. ¿Qué?, le digo. Estás muy bonita, dice. Claro que no, le digo. Pero en la noche, después de bañarme me observo en el espejo: tal vez tiene razón.

Paso las siguientes tres semanas sembrando. O sea que puse semillas en la tierra y paso el día leyéndoles en voz alta, para que se entusiasmen. Así le hacía Daniela con Bebé, y ahora lo hace con el que tiene adentro y que hemos empezado a llamar Bebé Dos. Extraño horrores a Pina y luego ya no la extraño tanto. A mis hermanos los extraño sólo porque distraen a mamá y ahora nada la distrae y pasa largas horas en el sofá, con un libro enfrente, sin pasar las páginas. Le preparo té helado con hojas de menta y lo bebe a sorbos, recargada en un codo y levantando apenas el torso, como si estuviera enferma. Los vasos sudan. Las camas están deshechas. Llueve cada tarde y quiero mucho tener un perro o un gato, pero cuando lo comento mamá dice: Lo que tienes es nostalgia del campamento.

Beto viene seguido a vernos. Yo voy seguido a ver a Alf. A veces coincidimos los tres en Umami y metemos los pies al jacuzzi, comemos cacahuates japoneses y platicamos de lo que Beto debería leer para entender nuestra obsesión con las milpas, de lo que Alf debería hacer con su patio y de lo que yo debería plantar en el mío. A veces Alf va mojando una franela y limpiando a las nenas mientras hablamos. El verano entre adultos no está nada mal. Tal vez porque se lo está perdiendo, Pina ya no me da tantos celos. Algunas de mis semillas germinan. Una y otra vez, mamá y yo discutimos lo de la canción.

¿Qué te pasa con los peces de ciudad?, le pregunto.

Me contesta con un gesto raro con la mano: parecido al protestante pero que culmina con unos golpes en el pecho.

¿Eso qué?, le digo.

Significa católico, me dice.

¿Desde cuándo?

Desde que no me deja dormir la culpa.

2 0 0 3

Marina se para del sofá y va a la cocina decidida a comer algo. Desde que Semitiel le explicó sobre el umami y la proteína, piensa que debería comer más pollo y más tomates. Eso es lo que come la gente de bien: pechuga asada. Pero en el súper la carne la intimida. Demasiado crudo todo: brilloso, demandante. Marina, si compra comida, la compra precocinada: Jale por la línea punteada y consúmase antes de pensarlo.

La cocina tiene una puerta de cancelería que da al patio con rotoplás. Todas las otras casas de la privada tienen un patio de buen tamaño, pero Ácido y Amargo, por dar a la calle, tienen este sustituto. Alrededor del rotoplás están las escobas y jergas que compró su mamá y que Marina no ha vuelto a tocar desde que se fue. Hay cascos de cervezas. La bicicleta de Chihuahua lleva meses allí, también, acomodada en vertical y con las llantas desinfladas colgándole como las tetas de una vieja raquítica. Marina se sacude la imagen. Lo dirá en su próxima cita: He detectado una mejoría, don terapeuta, la idea de alguien raquítico me espeluzna. A él le dará gusto, es buena persona. Recargada en el rotoplás, Marina hace cálculos: medio plato de avena en la mañana, un yakult a media tarde. Piensa: Carajo. Y luego piensa: Escucha. Y luego: Queso.

Queso azul.

Roquefort, ¡eso le gustaba! Lo comía con tortillas de harina, lo untaba en pan Bimbo, lo dejaba derretirse sobre los espaguetis recién salidos de la olla en la cocina atiborrada del restaurante de su papá. A-pes-ta, opinaba su hermano con esa autoridad impostada que lo obligaba a engarzar las palabras con un hilo, como si hacer una pausa fuera a derribarle el teatrito. Tú-a-la-ca-ma, le ordenaba a Marina las noches que papá no llegaba, mientras le agarraba las manos a mamá para que dejara de morderse las uñas y los dedos.

Era su cosa favorita, el queso azul. Una vez su papá, desde la cúspide de su hora feliz, le pasó el brazo por la cintura a su mamá, y se mecieron en una suerte de vals torpe, mientras Marina comía sus espaguetis, su hermano los suyos, con mantequilla nada más, y el papá cantaba: Blue cheese, you saw me standing alone... La mamá se rio y Marina, que ni conocía la canción original ni entendía la letra, admiró más que nunca a su papá: además de todo, tenía talento de compositor.

Con este recuerdo de infancia se cierra el pequeño antojo. (Atenta a las señales, le decían las enfermeras: salivación, rugidos de la panza.) Pero, a diferencia del apetito, el enojo sí lo reconoce. Se le amarga la boca al pensar en la cocina del restaurante y el olor dulzón de la hora feliz de papá. ¿Infancia inestable?, preguntó Marina una vez, genuinamente sorprendida con un comentario del terapeuta. Inestable, no. Había un horario para todo, con sus nombres. Después de la hora feliz venía la hora del cliente —los pedidos, los olores, el sonido de las pláticas retumbando en las paredes, su papá maltratando a los cocineros, los platos sucios, los restos—. Cuando se iban los clientes, venía la hora del cierre —las meseras volteando sillas, su papá cantando, repartiendo propinas y nalgadas cariñosas, los cocineros cambiándose de ropa y alguno de ellos, más de una vez y mientras los otros montaban guardia en la puerta, mostrándole a Marina partes de su anatomía que ella hubiera preferido no conocer—. Luego se iban todos y papá sacaba la anforita que había estado transportando en el delantal y se servía lo que quedaba en un vaso cubero, más o menos a las once p.m. de todos los días: era "la hora porque me lo merezco". Menos los lunes. Los lunes iba a cambiar. Hasta en sus resoluciones rotas era todo estabilidad.

La boca amarga le da cierto orgullo: por estar atenta, por notar estas cosas. Antes del lavado de cerebro, ni siquiera sabía dónde estaba el esternón. Varias veces se dio un puñetazo allí, un puñetazo benéfico, pero puramente intuitivo. Ahora todo tiene nombre científico. Donde está el nudo es mi esternón. El sabor amargo son las hormonas del estrés. Apaga el cigarro contra el marco de la bicicleta desnutrida y entra a la cocina. Intento número dos.

Piensa: me gustaba el color blanquigrís que tenía, y que a pesar de ese color se llamara queso azul. Todavía le gustan los nombres incongruentes, como la fascinante y trágica vecina gringa con un nombre como de mercería xalapeña. Y ella misma: una Dulce —es su segundo nombre— que vive en Amargo, y una Marina de montaña, que creció entre neblinas y no fue al mar sino dos o tres veces en su infancia. Piensa: podría pintar de blanquigrís la cocina. Luego piensa: Escucha. El antojo es discreto, hay que poner atención, le decían las enfermeras. El cerebro es como un perrito, le decían las enfermeras, una de las cuales no se rasuraba los sobacos y Marina esperaba secreta, sádicamente, el día en que la corrieran, tal vez como una confirmación de que ella, Marina, no era la única cuyos descuidos corporales todo lo estropean.

En realidad, lo que decían las enfermeras alternativas era: El cerebro es como de plastilina, ¡podemos moldearlo! Perrito faldero, pensaba Marina entonces, en automático. Pero desde que volvió a casa y su mamá la dejó sola otra vez, poco a poco se ha ido ablandando, prueba a escondidas los consejos que antes rechazara, quiere un cerebro de plastilina, uno que le permita imitar el amor propio de los otros como ya imita su manera de hablar y de reír y de vestirse. Personalidad de chicle, es como llama a esa tendencia suya a mimetizarse con quien tenga enfrente. Habla como sus compañeros de salón; gesticula como Linda después de dos horas de clase; si pasa varias noches seguidas con Chihuahua, amanece con un tonito norteño que la hace alargar sílabas aleatoriamente, hasta que llega el sábado, toca cuidar niños y ya para el domingo Marina habla como Olmo, que últimamente repite todo dos veces: sí sí, no no, ¿por qué? ¿por qué?, ya sé ya sé.

Marina desconfía de esta maleabilidad y la atrae la posibilidad opuesta: la fascinante y a la vez aterradora perspectiva de ser alguien. Alguien fijo. Como Linda, como sus padres. Un adulto, por así decirlo, aunque sabe que no es exactamente eso, sino otra cosa: una contundencia del contorno, ser alguien de quien otro pueda citar una acción o una reacción y otro más comente entonces, sin temor a equivocarse: Típico de Marina Mendoza. Le molesta que su terapeuta no entienda esta carencia básica de ella, esta ausencia de definición, es algo que el terapeuta debería ayudarla a solucionar, no instarla a ignorar. En cambio él le pide, una y otra vez, ser ella misma. Lo dice como si eso fuera algo sólido, existente: un busto de mármol en un parque. Hay algo como de piedra en la idea de mismidad, algo que deja a Marina siempre fría. No indiferente, sino como sin vida: sin nada en su intimidad acuosa con que conectarlo cabalmente. Lo único que ha encontrado para hacer un poco manejable el tema del yo misma es pensarlo en inglés. Sí, *self* le funciona. *Self* suena al nombre de otra persona.

Últimamente, algunas noches antes de dormir, Marina experimenta con las afirmaciones sugeridas por su terapeuta. Suele frenar al cabo de un minuto porque repetir lo mismo le cuesta trabajo y muy pronto sus afirmaciones se vuelven más bien de orden negativo: Soy una mujer hermosa y productiva, soy una artista. Soy una foca fogosa y reductiva, soy una artista. Soy una arista. Soy una mosca arisca. Soy autista. Soy autómata.

En el hospital alternativo las afirmaciones eran obligatorias. Lo pintaban fácil: repetir diez veces la misma frase, antes de acostarse. Pero entonces Marina, con tal de no darles gusto a las enfermeras hippies, mejor rezaba. No se sabía más que el padrenuestro, y a medias, pero eso repetía. A la segunda ronda ya la cosa degeneraba hacia versiones improvisadas, del género lírico-libertario: Padre nuestro que estás allá afuera, sácanos del manicomio, danos tu jugo de amansalocos, llénanos los pies de talco y oro. O: Padre nuestro que estás en Edimburgo, mal pronunciado sea tu nombre, llénanos de whisky, libéranos del odio. O: Padre nuestro que estás en el plexo, deja de apretarme.

Ahora que lo piensa: le gusta afirmar, sólo no le gusta repetir.

Afirma: Soy un queso azul. Soy un quezul.

Afirma: La tercera es la vencida, tienes que empujar el antojo con detalles. Piensa: el sabor era tan fuerte que se le iba al cerebro, como un chile, pero sin picar, le gustaba la textura, como de mantequilla pero mejor, más lenta en la boca, con más obstáculos: explosivos, tersos. Visualiza el queso hasta que le da asco. Sale al patio, respira hondo, se recarga en el rotoplás y mira el cielo. ¡A-pes-tas!, grita una parte de ella. Y luego, sin pausa: ¡A-la-ca-ma! Es tan repentino esto último que le da risa. La voz de su hermano en su interior. ¿Dónde estará su hermano a esta hora? En el restaurante tal vez, o sosteniéndole a mamá las manos: No-te-muer-das-ma-má.

Respira como le enseñaron, mira el cielo como le enseñaron. Está de un gris terco: nunca se hace de noche en la privada. Hace años, Marina inventó la palabra griste. Quizá el primer color que compuso: un poco gris, un poco triste. Pero no era esta noche falsa sino una tarde nublada de Xalapa, una de miles. Esto es otra cosa: la masa de luz eléctrica haciendo su infusión lumínico sonora: un brrrrr bajito y permanente. ¿Cómo se llama? Néctrico, tal vez. ¿Tal vez nunca se hace de noche en el D. F.? Pero Marina sale demasiado poco de su circuito cotidiano para afirmar algo así. Quizá si subes a una de esas torres altas que dicen que hay por Santa Fe logres escapar al néctrico, dejarlo abajo, y puedas mirar arriba y ver el cielo negro otra vez, negro como es: interrumpido sólo allí donde una estrella o un satélite. Hay unos cerillos, aquí, y un cenicero, colocados en el borde de la ventana por Chihuahua, que siempre se sale un rato al patio, a solas, para hacerse el interesante. A Marina fumar le quitaba el hambre, la verdad es que por eso empezó y por eso lo dejó y ahora está esperando a que reaparezca, el hambre, y no les confiesa a los doctores que está fumando otra vez. El terapeuta jura que el hambre va a llegar. Le dice: Marina, tu cuerpo sabe. Pero Marina lo que cree es que su doctor no sabe. Sospecha que don terapeuta quería ser cirujano pero nunca dejó de confundir los glóbulos con los coágulos y tuvo que renunciar a todas esas cosas que controlan en los otros pisos del hospital. Tuvo que resignarse a pasar su vida laboral en el piso 8, Psiquiatría: sudokus para no llorar.

Caen unas gotas sobre el rotoplás. El negro mojado brilla: ¿negrado?, ¿negrillo? Cuando alquiló esta casa, el verano pasado, llovía todas las tardes sin variación, y llovía adentro, también, y ella corría de arriba abajo, cachando las goteras en cacharros y pensando divertida: ¿no que el D.F. era seco, no que muy seco el D.F.? No tenía nada, entonces, diecinueve años y sus ahorros de mesera. El dinero que recibe ahora, el cheque amplio y culposo que le manda su padre, no estaba allí los primeros meses. Sus cosas estaban en huacales del mercado que había pintado de dorado en un ataque de entusiasmo. (Dorasmo.) Tenía una olla para todo y platos de plástico. Mira la casa, ahora, y la asfixian las cosas que ha juntado. Ve en todas partes el dinero del restaurante, el sudor de los cocineros, cómo se limpiaban las muelas con el índice y sin transición amasaban la carne molida con las manos, las manchas de sangre y grasa en los bolsillos del delantal, el piso de azulejos ensuciándose conforme avanzaba el día, haciendo rechinar las suelas sobre las huellas acumuladas, del chipichipi de siempre, del sinsentido. Marina ve en sus muebles las mil capas de rímel de la alcurnia xalapeña femenina cuando un jueves cualquiera declaraban su falsa independencia al grito de: Nos planchamos el pelo y cenamos sólo las chicas en el italiano. Se decían chica entre ellas: la juventud, siempre la cereza añorada en el pastel, ese culto que desconcierta a Marina porque ella, no importa cuántos años cumple, siempre ansía tener más de los que tiene. Ve la sangría que bebían, con la frutita flotando. Y las oye. Le decían: ¡Psst! ¡Oye! ¡Niña! Señorita, esta sopa está fría, este pan está aguado. Dientes perfectos, demasiado perfume, no dejaban ni una miga en los platos. Algunas le tronaban los dedos y luego le daban propina extra porque sus hijas iban con ella en la escuela. ¡Es un restaurante italiano!, le explica Marina al terapeuta, con signos de admiración, pero él no entiende la ironía, no tiene entre sus capacidades la de visualizar la Italia de provincia, la de la pasta batida: la Italia de los que no se atreven a ir al D. F.

Sólo en los últimos meses, después del hospital, empezó este repudio hacia sus pertenencias. Dice en la consulta: Si hay dos millones de cojines y un tapete y un sofá: ¿cómo voy a irme de aquí? ¿Adónde te quieres ir?, pregunta el terapeuta. Pero ella no se quiere ir. Al contrario, quiere estar más en su casa, quiere estar allí a la hora en que florece el blansible en su pared, tiene veinte años: ¿es mucho pedir? Abre el refri. Cervezas, pepinillos, dos tomates, mostaza. Un par de yogures, una colección de cajetas y mermeladas que Chihuahua compra y luego se administra como oro molido. Queso azul no hay. Hay un huevo y una serie de tuppers que llevan mucho tiempo allí y ella considera escenografía (la obra es: Una mujer de verdad habita sus espacios) y no se anima a abrir. Hay una botella de ketchup con tanta salsa seca en la boca que no le cierra la tapa, como esa gente que habla mucho y se le forma una costra blanca en las comisuras de la boca. En el cajón de abajo hay unas zanahorias que compró hace semanas. Usó una para masturbarse y ésa la tiró. Las demás siguen aquí: nunca juntó energía para pelarlas. Carajo, las había comprado en ánimo curativo. Linda siempre tiene tuppers con verdura picada. Cuando Marina está allá, abre el tupper cada vez que pasa cerca y se come una tira de jícama o pepino. ¿Por qué no puede ser más como Linda, cortar las cosas derechito?

Ahora piensa: Palomitas. Piensa: eso sí. Es una señal minúscula, sin saliva ni grandes aperturas de nada, pero encuentra unas en la alacena y las mete al microondas rápido. En lo que se preparan saca las zanahorias para pelarse una, pero de inmediato sabe que ya no sirven. Están aguadas. Eso no es todo. Tienen como pelo, algunas, un pelo gris verde: penicilina, tal vez. Las devuelve con asco al cajón de las verduras, saca una cerveza, cierra el refri. Las palomitas hacen plop plop plop. Deberías comer, Marinita. Ya lo sé. Sirve las palomitas en un cuenco y se las lleva al sofá. Prende la tele. Chihuahua llegó el otro día con una tele y ahora vive en el piso de la sala. ¿Le puedo conectar la compu para ver películas?, preguntó Marina. Pero Chihuahua tenía otra idea: dijo que en el clóset del estudio había visto lo que él sospechaba era "un cable de cable". ¿Eh?, dijo Marina. También iba a decir: ¿qué hacías metido en el clóset de mi estudio?, pero Chihuahua ya estaba jalando un cable, una cosa larguísima enrollada en un ocho neurótico y empolvado, que sólo podía ser obra suya. Acercaron la tele hasta donde llegó el cable. Cuando lo conectaron apareció NBC: una güera en traje sastre, los dramas del día desfilándole por el pecho en una banda móvil, como una miss universo de la tragedia. Era un cable de Cablevisión. Marina no lo podía creer. Chihuahua nunca le había mencionado el cable. (Se me pasó, morrilla.) Y qué: si se lo hubiera mencionado, Marina no hubiera dado un peso por él. Desde luego no hubiera ido a conseguir una tele sólo para probar. Quién podría saber que en su clóset tenía un portal a otra dimensión: a la vida cotidiana de los ricos, de los adultos, de la gente que ve la tele gringa cuando regresa de trabajar para sacarse a México de encima, como en una versión siglo XXI del manual de Carreño: "Apéese de su México antes de pasar al comedor". Chihuahua es quién. Chihuahua podría saberlo porque Chihuahua es un chilango de verdad, conoce los secretos. Fue él quien le explicó a Marina que los zapatos colgados en la calle señalan puntos de venta de droga, y le señaló quién en el barrio se roba el cable del teléfono para pelarlo y vender el cobre. (¿De allí viene la expresión "mostrar el cobre"?, preguntó ella ese día. Él se rio y contestó: Pura ocurrencia eres.) Lo que le da coraje a Marina es que Chihuahua es de Ciudad Juárez. Ella nunca ha ido al norte, pero ¿qué tan menos provinciano puede ser el norte que Xalapa? A esta pregunta, Chihuahua replicó: Juárez también es provincia, morra, pero de dos países.

Chihuahua pronuncia el inglés igual que Linda. Sin resquicios. Sin holanes. Marina intenta imitarlo pero a él le ofende que ella se fije en su acento: ¿Qué tiene decir *magaiver*?, ¡así se dice!, ustedes son los que andan errados con su *macguiver*. Ustedes, para Chihuahua, son los estados verdes. Todo lo que no es desierto es sur. A Marina le gusta discutir con él, le da la sensación de tener una identidad más definida, pertenecer a algo, al sur del país. Parece —se lo dijo también él— que los sureños comen quesadillas sin queso y hablan cantadito. Ella cumple ambos requisitos. Excepto que rara vez toca una tortilla.

Una palomita por cada comercial es el trato que ha hecho consigo misma. Y va más o menos bien, más o menos cumpliendo, cuando suena el timbre. ¡Finalmente! Marina no se mueve. Sabe que Chihuahua puede verla por la ventana. Sabe porque ella muchas noches, antes de entrar a la privada, se queda unos instantes de más en la banqueta, mirando a través de unas cortinas delgadas como la suya a los argentinos que viven enfrente. Marina estudia de incógnito sus figuras inmóviles, como de cartón, recortadas contra la luz azulada de la tele y confirma otra de sus sospechas: que no dura el amor.

Después del timbrazo, Marina se come cuatro palomitas de golpe, ya lleva veintitrés, tal vez veinticinco. La lluvia contra el rotoplás es el *soundtrack* para la película que está viendo: le gusta ver la tele pero oírla no. Ahora: tres golpes en la ventana. Típico. Marina no se mueve. Chihuahua insiste. Debe estarse empapando. Marina quiere saber si está borracho. Se levanta y abre la cortina con la cara más neutral que consigue. Pero no es Chihuahua. Es una mujer. No sabe quién es. Tiene una bolsa negra de basura sobre la cabeza: sumamente inefectivo como paraguas. Tiene la mano apoyada en el vidrio, donde acaba de dar otros cuatro golpes fuertes. Es una mano pequeña y la manera en que la recarga en el vidrio mojado le da ternura a Marina, como si estuviera colocándola allí para que ella también ponga la suya. Marina se señala a sí misma con el índice: ¿Yo? La mujer asiente con la cabeza. No hables con desconocidos, fue uno de los consejos de su hermano cuando ella finalmente llamó a casa para decir que se había mudado al D. F. No abras las ventanas del coche, tampoco, ni a los vendedores ni a los policías. No tengo coche, le dijo Marina. Pero por si te subes a uno, dijo él. Y eso la enojó, se acuerda: ¿por qué no dijo: Para cuando tengas uno?

Para abrir la puerta de la privada, Marina tiene que salir de su casa y correr hasta el portal. Ahí tiene sus chanclas, qué más da. Abre y corre. No había contado con el granizo: tapó las coladeras, el pasillo distribuidor ahora es un río del que ya sólo sobresale, como un *iceberg* oscuro, el asa de la campana. Marina abre el portal y la mujer entra. Se quedan bajo el techo de teja viendo llover, viéndose.

2 0 0 2

La privada Campanario se llama así porque cuando, en 1985, se medio cayó la casa que habían hecho mis abuelos, una campana de bronce que había en el techo se desprendió y —por su propio, enorme peso— se enterró en lo que era el patio de la casa y que ahora es el pasillo de la privada. Todos los que vivimos aquí tenemos que saltar el asa de la campana (una protuberancia metálica en el suelo) para entrar y salir de nuestras casas.

∞∞∞∞

Acaban de tocar el timbre Agatha Christie y su amiga de enfrente, la hija de Beto, ¿cómo se llama? Pina. Qué nombre más jodido, sólo la redime que va a ser guapísima. Me preguntaron: ¿La doctora tiene tumba? Les dije que sí y me dieron unas flores. Dice Agatha Christie que las compró para su hermana, porque Pina contó y hoy Luz cumple 353 días de muerta, que eso es capicúa y que entonces le fueron a comprar flores al vivero, pero ahora no tienen quien las lleve al cementerio. Les pregunté si en la escuela les enseñaron la palabra *capicúa* y por alguna razón se murieron de la risa. Pina dijo: Ana es mi escuela.

Algo que no les dije pero pienso ahora, después del suéter, después de las flores, es que tal vez lo que los Pérez Walker necesitan para consolarse es una máquina como la mía, una PC Simone, vaso comunicante con los muertos.

A Noelia le encantaba Nina Simone. ¿Por qué dios me hizo culona pero no negra?, protestaba cuando la oíamos. Si le preguntabas a Noelia qué hubiera cambiado de ella misma, siempre contestaba que hubiera querido saber cantar. No que yo se lo preguntara, no hacía falta. Noelia te informaba de esas cosas, puntualmente, no te dejaba olvidar sus defectos, como para que no la quisieras de más.

No seas mentiroso, al que le encantaban las morenas era a ti.

Es verdad.

¿Pusiste esas flores en agua?

Dede luego, mi negra.

¿Y contaste los días?

Ni loco. Para mí tú siempre te moriste ayer.

∞∞∞∞

"¿Sabes de cuál?" era algo que Noelia decía mucho, sobre todo para confirmar que el otro había entendido una generalización que ella acababa de enunciar. Por ejemplo, sobre una enfermera nueva podía decir: Es de las que creen que después de ella se rompió el molde, ¿sabes de cuál? Sobre algún anestesiólogo: De los que muerden rebozo, ¿sabes de cuál? O sobre el dueño del vivero de al lado: De los que ven curva y se estrellan, ¿sabes de cuál?

Confieso que yo prácticamente nunca sabía de cuál estábamos hablando, de qué categoría de persona, porque los símiles pertenecían a un lenguaje que no me era familiar o, las más de las veces, porque Noelia se los sacaba de la manga. Pero después de esos primeros años en que a Noelia la frustraba tanto que yo no tuviera la rapidez mental que chismear con ella requería, terminé por adoptar un hábito, uno de tantos, para llevar la fiesta en paz.

La verdad, y no lo digo sólo porque ya entendí que Noelia, desde dondequiera que esté, lee esto que escribo, sino que lo digo porque es la mera verdad: yo apreciaba sus generalizaciones. Eran juicios siempre originales, o por lo menos a mí, que vivía medio en la lela, me lo parecían. Traducían un estar en el mundo, un estar despierto, pendiente del prójimo, que a mí simplemente no me era accesible y del cual recibir ciertos atisbos cifraba un goce verdadero, como ver una buena película, leer un buen libro. Al principio me daban vergüenza pero, con el tiempo, llegué a respetar las categorías que inventaba mi mujer: había algo casi kantiano en ellas, una voluntad de hacer sistema. Sabes de cuál era el modo en que Noelia ordenaba a las personas que entraban en nuestras vidas, y hay que decir que lo hacía con bastante buen pulso, tenía una intuición de bruja. Un día llegó una pasante al instituto y Noe, tras verla una vez en una comida, me dijo: Ésa va a trepar como la hiedra y bien por ella. Al año, ésa, con su maestría pelona, tenía un puesto casi equivalente al mío, que como un pendejo me había chutado hasta un posdoctorado.

El punto es que encontré una manera de lidiar con el sabes-de-cuál de modo que yo pudiera seguir la conversación desde mi ignorancia y Noe pudiera seguir ampliando su catálogo de personas a sus anchas, sintiendo como que yo la seguía al pie de la letra. Siempre me he jactado (por lo menos en mi fuero interno, que ahora le transfiero sin tapujos a Nina Simone por falta de algo mejor que hacer) de este recurso estupendo. Pero la verdad es que se lo copié a la mujer de Beto.

Antes de que ella abandonara intempestivamente la privada, empecé a notar que Chela, cuando no sabía de qué estábamos hablando en una sobremesa, que era básicamente siempre que hablábamos de política, que era básicamente en todas las sobremesas, ponía un gesto muy particular que la hacía parecer interesada, reflexiva, ligeramente en desacuerdo, y que encubría bastante bien su absoluta ignorancia. El gesto era simple: digamos que paraba la trompita. Esto, claro, tenía un efecto mucho más satisfactorio en ella, que es un mango, que en una fisonomía como la mía, que tiende más hacia la papaya caduca. Pero yo se lo copié, aumentándole de mi cosecha un resorteo pausado del cuello, e increíblemente funcionó. Así, cuando Noelia me decía, por ejemplo: Rubia pero con la raíz dejada, ¿sabes de cuál?, yo paraba la trompa, resorteaba la cabeza lento, y ella, habiendo dejado en claro de qué clase de bicho estábamos hablando, seguía platicándome el chisme sin tener que detenernos a celebrar otra ronda de la frustración que le provocaba mi absoluta carencia de dotes de observador.

En el fondo, yo creo que mi Noe no sólo era más franca, sino que también tenía un olfato psicológico más agudo que todas esas mujeres que se las dan de entendidas, de sabiondísimas, las humanitas, como les decía Noelia a mis compañeras del instituto. Las humanitas se sentían —como casi todos los egresados de humanidades, incluyéndome— superiores al resto. Un poco más sensibles, un poco más humanos que el resto de la humanidad, es como lo ponía mi mujer. Las humanitas discriminaban a Noelia porque hablaba abiertamente de cuánta televisión veía en sus —escasísimos— ratos libres, pero en el fondo se morían de la envidia de la carrera de Noe, sólida como sauce, y mucho, pero mucho mejor remunerada. La compadecían por no tener hijos, pero en el fondo envidiaban esa autonomía por la que ellas habían cacareado tanto en sus juventudes y luego tirado a la basura, y que en cambio Noelia siempre dio por sentada. A una humanita no puedes preguntarle si le gusta cocinar, porque te acusará de querer prolongar el patriarcado falocéntrico. Por otra parte, si se entera de que en una pareja el hombre se encarga de la comida, como es, o como era, en nuestra casa, ya nunca te bajará de blandengue.

Para echarse flores entre ellas, las humanitas tienen códigos muy claros. Sobre una que en el fondo desprecia, la humanita promedio dirá: Es muy luchona. Pero sobre una que de verdad admira, dirá: Es muy dueña de ella misma. Sobre esto, Noe comentó una vez en mi oído: Esa mafufada sólo la dicen las humanitas, porque como no se aguantan ni ellas solas, creen que merecen un aplauso cuando logran pasar medio día consigo mismas sin sacarse los ojos.

Las humanitas son de las que usan huipil pero de marca, ¿sabes de cuál? Y sí, yo sabía, o no sabía, pero Noelia me enseñó a mirarlas así. Noelia detectaba a kilómetros el machismo disfrazado de los intelectuales por los que las humanitas derrapaban. Yo, como tenía fama de bien casado, soy feo y sé hacer como que escucho, casi siempre me enteraba por las secres de quién derrapaba por quién, lo que trataba de recordar al menos hasta la cena, para poder contárselo a Noelia porque le encantaba ese tipo de cosa, era como bistec para su alma chismosa. Pobre —dictaminaba sobre la humanita-amante en cuestión—, le va a ir como en feria. ¿Por qué, tú?, preguntaba yo, honestamente sin pistas. Ay, Alfonso, pos ése clarito es de los que las idolatran y después las canonizan, ¿sabes de cuál? Y yo paraba la trompa.

¿Era deshonestidad ese fingir que yo sabía de cuál? Por supuesto, pero del tipo generoso, el tipo que hace durar los matrimonios.

Es de esos que paran la trompita para hacer como que están siguiendo la conversación, ¿sabes de cuál?

Exacto. Y, Noe, ya que andas por aquí, déjame te cuento que ayer en un Vips vi un libro que se llama *Dios mío, hazme viuda por favor* y me provocó una lástima profunda, una que hacía mucho tiempo no sentía más que por mí mismo. Mejor el dolor digno de un viudo que sufre, que el dolor sucio de una mujer encerrada en un matrimonio que desprecia.

¿De qué trata el libro?

No sé, no lo compré.

Y ¿qué fumada es eso del dolor digno?

Es algo que me enseñó Agatha Christie; cuando tú y Luz se murieron le dio por sacar de la biblioteca todo lo que encontraba sobre muertes, lutos, y así, y luego venía a hacerme el resumen semanal. Nuestros duelos, me explicó un domingo, el suyo por su hermana, el mío por ti, eran dolor limpio. En cambio, si nos dolía, por ejemplo, no gustarle a un niño, ése era dolor sucio, porque nomás nos lo estábamos inventando en la mente, porque de hecho no sabíamos, no podíamos saber si le gustábamos o no al niño en cuestión.

Mi vidita, esa Ana.

Ajá, muy tierna. Yo le pregunté: ¿Y a ti te gusta el niño ese?, pero nomás la puse nerviosa y mejor siguió leyéndome pasajes incomprensibles del manual zen que traía en la mochila. Tal vez compro el libro, el de la viuda, para contarte.

Órale pues, amor, pero ya no andes comiendo en el Vips, que ya sabes que remojan en aceite todo lo que dice "a la plancha".

Tienes razón, mejor me voy a hacer una sopita.

Ése es mi gallo. Y baña a las nenas, que se les están percudiendo los cachetes.

∞∞∞∞

Hay dos condiciones básicas del ser humano, me explicaba Noelia con manzanas, al segundo tequila, en su década de más conflicto con el tema: Ser hijo y ser progenitor. Seguía: Yo elijo experimentar una sola de las dos condiciones; ¿significa esto que de algún modo elijo ser sólo la mitad? Es una ecuación complicada, socialmente. Si participas de ambas condiciones, es como que eres dos personas: eres hija y eres mamá. Yo elijo ser una nada más, una persona nada más: hay cierta coherencia en ello, ¿no es cierto?, pero para los demás no. Para los demás, ser una persona nada más es como ser menos que uno. Si eres hombre no, claro, eso sobra decirlo. Te lo pongo en femenino: si eres una nomás, una mujer nomás, asumen que eres la mitad de tu condición humana, o mujeril, si se quiere. El punto es que, no marches, si eres una eres media. Dime tú dónde está la lógica en eso, Alfonso.

Yo no lo inventé, le decía.

Pero tú eres el antropólogo.

Pero soy especialista en alimentación prehispánica.

ooooo

El suéter.

Hace unos días, Linda entró al bar con algo amarillo en las manos. Cuando le trajeron su vodka brindamos y ella desplegó la cosa en la mesa. Era un suéter pequeño. De su bolsa extrajo un costurero y de éste aguja, tijeritas, hilos gruesos enredados. Mientras bebíamos fue bordando en el suéter rombos, cuadros, círculos y semicírculos de distintos colores. En algún momento me lo pasó. Yo eché para atrás mi silla y lo extendí en mis piernas. Era más grande que la ropa promedio que yo compro para las nenas, pero me cabía sobre las rodillas. Estaba sucio. Recorrí con el dedo las figuras recién bordadas, el hilo apretado se sentía suave en comparación con el suéter, que picaba. Me pareció algo de otra era, como los calcetines a la rodilla y los shorts minúsculos que usábamos en mis épocas: ya nadie hace suéteres de lana que pique, menos para los niños. Me saqué el anillo y se lo pasé a Linda. Ella lo recorrió con el tacto y con la mirada, sin probárselo. Leyó la inscripción de adentro y preguntó: ¿Umami?

Umami es el quinto sabor que perciben nuestras papilas gustativas; hay dulce, salado, amargo, ácido, ésos son los cuatro que todos conocemos, y luego está el umami, es más o menos reciente que los occidentales lo conozcamos, cosa de un siglo, es una palabra japonesa, significa delicioso. Luego respiré y los dos nos reímos, porque yo había dicho todo eso de un hilo, como esas máquinas en las iglesias italianas a las que echas una moneda para que se ilumine el altar por un minuto. Linda me devolvió el anillo. Le devolví el suéter, ella enhebró un hilo morado. Linda vive en la privada, seguro le he explicado cien veces el umami, en estados menos de autómata. De todos modos, generosa, clavó la aguja en el suéter y preguntó con calma: ¿A qué sabe?

Ésa es la cosa, le dije: Sabe a umami. Como no reconocemos el sabor, para mí la mejor manera de describirlo es que es algo mordible, satisfactorio. En inglés dicen *savory*.

¿*Seivori*?, pronunció ella perfectamente.

Ajá, o también dicen *brothy*. O *meaty*.

Nunca he acabado de entenderlo.

La mejor manera de entenderlo es ésta: piensa en una pasta, piensa en un plato de espaguetis. Es nada, sabe a nada. Carbohidratos sin chiste. Pero si le pones umami, si le pones parmesano o tomate o berenjenas, ¡zas! Es una comida.

Ella asintió con la cabeza, largo rato, y eso fue todo. Cuando se fue (nunca salimos juntos de La Taza), me quedé un poco confundido. La última vez que tuve una conversación así con una muchacha, me casé con la muchacha.

Que las teorías de Noelia sobre la hijitud resultaran simplonas o ingenuas no hacía, según ella, más que corroborar sus sospechas y fortalecer el punto central, a saber: que nunca maduras del todo si no pasas a la segunda condición humana. Al otro lado. A no ser hijo nomás, sino también progenitor, prolongación de la especie, diseminación genética, esas cosas. En otras palabras y para acabar pronto: la misticología de la hijitud de Noelia se quería autocomprobatoria. Sobre todo en las áreas relativas a la inmadurez. Por ejemplo, en un típico *modus noelendo noeliens:*

Si eres sólo-hija, hay algo no madurado en ti.

Por lo tanto, tus argumentos resultarán necesariamente pueriles.

Pero mientras más pueriles, más puntos suman para la teoría general de la hijitud como un estado de inmadurez irremediable.

Tampoco es que mi profesión me pusiera mucho del lado científico de las cosas, así que, según recuerdo, yo nunca tuve ningún problema en dar por ciertas las teorías de mi Noelia que algunos domingos nos permitían, por ejemplo, desayunar nieve con tequila o, de vez en cuando, comprar un boleto de avión y largarnos porque sí a cualquier lado.

∞∞∞∞

Mi mujer era un coctel de civilizado con primitivo: puro pensamiento salvaje, a Lévi-Strauss se le hubiera caído la baba. A la par de su rigor médico, Noelia Vargas Vargas practicaba una serie de rituales rústicos. Pese a saber de sobra que la nicotina entorpece el intestino, durante años sostuvo que ella nomás no podía ir al baño sin un Raleigh. Y, lo que es más: consultaba su horóscopo al despertar. Sin ironía. Lo revisaba como quien checa el pronóstico del clima. Si el horóscopo anunciaba algo negativo, ella se enfurruñaba; si positivo, entonces se ponía contenta. Los primeros años de nuestro matrimonio, este hábito suyo me irritaba. Yo no podía entender que una mujer inteligente pusiera el humor de su día en la balanza de algo que —como ella misma solía explicar— no tenía el mínimo fundamento. Pero, en la práctica, su sentido lógico y agudo, que usaba con tanta puntería para otras cosas, estaba desconectado de sus humores. Usaba el horóscopo como guía, a pesar de que sabía perfectamente que aquello no eran más que palabras escritas por una astróloga apurada o, quizá, como ella misma conjeturaba, por los achichincles de la astróloga apurada. No es que Noelia creyera en las estrellas: creía en el horóscopo. Lo necesitaba para empezar el día. Como otros no salen sin persignarse o sin un café en la panza. En los engranes de la maquinaria anímica de mi mujer, el puto horóscopo era el *switch:* un párrafo que determinaba la actitud con la que ella pasaría, ese día, del sueño a la vigilia. Por suerte, durante el curso de la mañana, el efecto solía deslavarse. Era un ritual nefasto, pero de corto alcance.

Hasta que murió, Noelia recibía semanalmente la revista *Astros,* de *madame* Elisabeta. En el último lustro la recibía por correo electrónico pero, antes, durante mil años nos llegó al buzón. Y antes de eso, cuando la conocí, Noelia leía su horóscopo en el periódico. A diario, en pantuflas, bajaba de su departamento de soltera para comprarlo. Era tan rigurosa que el del puesto le cobraba por quincena. Me chocaba lo del horóscopo, pero me encantaba tener el periódico a primera hora de la mañana: fue una de esas glorias que una relación sólo conoce en sus inicios, como coger en la cocina.

La revista *Astros* te proveía siete días de horóscopo y estaba personalizada, con tu signo y tu ascendiente e, incluso, tu nombre, que alguien tecleaba directamente sobre el ejemplar impreso. Esto se notaba en cómo el *Noelia* aparecía a veces inclinado, o en sube y baja, con esas leves danzas tipográficas que producían las máquinas de escribir. No era, como puede deducirse, una publicación barata.

Un día llegó al consultorio de Noelia, con el corazón en pésimo estado, ni más ni menos que *madame* Elisabeta en persona, que resultó ser una cincuentona pálida, obesa, simpática y mal hablada. La *a* del final, aprendió Noelia de inmediato, se la había puesto su madre, no era un seudónimo mamón. De entrada, Noelia no le comentó nada sobre la revista, porque en su faceta de cardióloga solía guardarse sus supersticiones calladitas. Le puso un marcapasos y sanseacabó. Excepto que, siendo diciembre, la señora, salvada a tiempo y muy agradecida, nos invitó al banquete navideño de su revista, al que yo acudí encantado, por curiosidad antropológica pero también porque estaba convencido de que, al divisar la maquinaria comercial detrás de su revistucha, Noelia finalmente se convencería del error en el que había estado viviendo. Pero el encuentro resultó ser nada parecido a lo que nos esperábamos. Cenamos en la casa de Elisabeta, para empezar, que era un departamento en Avenida Revolución, donde vivía con un loro y una mujer mucho más joven que hacía las veces de amante y enfermera, además de ayudar con la revista, la limpieza y las cartas astrales, y a quien todos llamaban, simplemente: Piscis. A Piscis la recuerdo perennemente sentada en las piernas de Elisabeta. Había más gente en la cena: otro par de astrólogos, unos músicos y una pareja de intelectuales rarísima: con sentido del humor. En cuanto al banquete, constó exclusivamente de piquete con un poco de ponche, y un montón de tortas compradas en La Castellana, que estaba a dos cuadras y ya vendía las mejores tortas de esta ciudad. En cuanto llegamos, Piscis nos hizo anotar en una lista lo que cada uno quería, y en algún momento debió pedirlas por teléfono, porque al cabo de un rato hicieron aparición por la puerta. La gorda Elisabeta era pobretona y esotérica a morir, pero entendió, mucho antes que Google, el valor del trato aparentemente personalizado.

Esa humilde posada navideña, sin querer, eliminó el sinsabor de mis mañanas por el resto de mi vida conyugal. El hecho anodino de que la *madame* existiera, de que sus astros estuvieran salpicados de plumas de perico, tortas cubanas y un romance lésbico lascivo y tiernísimo, me reconciliaron con todo el asunto de los horóscopos. No sé si sabría explicar exactamente por qué.

Todo el mundo sabe que el horóscopo es como un cascarón. Debe ser lo suficientemente amplio y hueco para que uno acomode en él lo que necesita oír. Pero eso yo me cansé de explicárselo a Noelia, que además lo sabía de sobra. El cambio no sucedió en esta capa superficial conocida (pon un planeta, una enfermedad y una sorpresa, revuelve en un párrafo y tienes un horóscopo), sino en una más profunda: por más que fueran de receta, esos escritos no surgían del éter, había una autora detrás, no una empresa maligna, sino una mujer medio loca, que —ella sí— creía en las estrellas. Los signos del Zodiaco eran sus personajes entrañables. Les daba vida semanalmente con la pluma, como peores autores han hecho con peores personajes. El carácter amplio, libre de interpretar, de la revista *Astros* no era una debilidad, sino eso —lo único, pero suficiente— que compartía con la gran literatura: su ambición de universal.

Nunca se lo dije a Noelia porque podría haberle hecho una conferencia *(La astrología es un humanismo)* y ella me hubiera alzado las cejas y recordado que soy aries, como si eso lo explicara todo. Pero el punto es que a mí, mi explicación de la astrología como arte literario me funcionó de perlas. Me dio acceso a una tolerancia que los años anteriores nomás no había logrado tener, ni sabía impostar, por lo que habíamos tenido muchos pleitos a primera hora del día. Después de que establecí mi teoría, sin embargo, los días que Noelia anunciaba, en el desayuno, que Mercurio estaba retrógrado, yo de inmediato me ponía en *modus* consolador. Le hacía piojito, la chuleaba, le pellizcaba una nalga, la manoseaba en la puerta, cuando ya se iba para el trabajo. Si, en cambio, durante el desayuno Noelia anunciaba alegre una luna nueva que abriría no sé cuántos caminos, yo leía: hoy estará fuerte, segura. Y eso también era como una licencia, para mí, para estar menos fuerte yo.

El matrimonio es una eterna carrera de relevos y el horóscopo de Noelia se volvió mi sistema de pautas. De modo que lo mismo que yo le reclamé por años, que pusiera su humor en manos de los astros, se volvió cierto para mí.

∞∞∞

Si todo falla —le decía yo a Noelia en los momentos cíclicos en que me parecía que esta vez no iba a ser capaz de terminar un artículo ni, mucho menos, de aguantar el largo proceso de revisión, envío, comentarios, rechazo, humillación asegurada, etcétera, que supone la vida académica—, si todo falla, nos vamos a vivir al mar y me pongo a plantar papayas.

Plantar papayas era mi ambición máxima.

Noelia, en cambio, no suponía que el fracaso fuera posible en su vida profesional. Cuando se hartaba, no se le ocurría la posibilidad inmediata de mandarlo todo al carajo sino, simplemente, se enfocaba en el futuro, en "cuando me retire". Cuando me retire, decía, instalaremos un jacuzzi en el patio.

Pero nunca lo hicimos. Noelia Vargas Vargas se murió trabajando. Páez le traía los electros impresos y ella los leía en la cama. Se murió como vivió: entre latidos ajenos, sístole y diástole y se acabó.

∞∞∞

La variedad finita de preguntas retóricas que genera el duelo (¿por qué?, ¿por qué a mí?, ¿por qué Noelia?, ¿por qué no yo?) las elimino de un clic.

¿Está usted seguro de querer borrar esto que es la puritita verdad sobre cómo se encuentra usted por dentro: medio podrido, medio caído, como la casa después del 85?

Segurísimo, Nina: déjale al pato viudo un rincón sin lágrimas, una hojita de cordura, aunque sea falsa: clic.

∞∞∞

Voy a contar en orden.

Conocí a Noelia en 1972, en la Escuela Nacional de Antropología. Vino a un seminario que yo daba cada año (Pasado y Presente de la Alimentación Mexicana), porque la frustraba el problema del sobrepeso que estaba matando a sus pacientes, quería resolverlo de una vez por todas y pensaba atacarlo, entre otros, por el lado del conocimiento histórico. Quería documentarse. Era médico, explicó, y se conocía de pe a pa las causas y consecuencias físicas del sobrepeso, el suyo —dijo exagerando para ganarse al público— incluido. Usó la palabra *epidemia* en una época en que la gordura era considerada, como máximo, una seña particular o, directamente, un problema de fuerza de voluntad. Acaparó por diez minutos la sesión, pontificando frente a todos los presentes sobre las condiciones cardiacas que la comida procesada agrava. Mi colega, Ramón Montoya, que tenía nombre de flamenco pero fuera de eso no poseía ni una pizca de duende, le hizo jetas.

Muchas veces le he agradecido a Montoya, aunque nunca en persona, su pedantería. Ese gesto mamón suyo me hizo ponerme instintivamente de parte de Noelia, cuyo nombre ya sabíamos todos en el salón, porque era de esas que para hacer un comentario se para y se presenta, ¿sabes de cuál?

Le contesté con calma, la felicité por su esfuerzo, le hablé sobre el rol histórico de la compulsión, del gordo como figura del rico, del hambre emocional, subrayé la importancia de comer cosas con proteína y con umami, para promover la sensación de saciedad, y por enésima vez hice el elogio del amaranto y su gran contenido proteico. Luego hubo otras preguntas, seguramente sobre mi tema central, porque a nadie le gusta que el amaranto sea un seudocereal (los pone nerviosos: si sabe a cereal y huele a cereal, piensan, debería ser un pasto, como el arroz, como el trigo, y no una semilla, como esas que contienen cianuro o, peor, como el semen), y todo hubiera quedado allí de no ser porque Noelia se me acercó al final de la conferencia para preguntarme qué era eso del umami y yo le contesté, porque en parte era cierto: Eso sólo se lo puedo explicar en un restaurante.

Así fue como empezó todo, como esa noche fuimos a cenar y nos acostamos y luego yo me acojoné un año, me arrejunté con la Memphis, tuve el sueño, busqué a Noelia, nos casamos, todo gracias al umami y luego, tan rápido como habían llegado, se acabaron los setenta y llegó 1982: el país se fue al carajo y yo me caí de la bicicleta, un domingo, a las afueras de Chiconcuac.

∞∞∞

Voy a decirlo ahora que intuyo que Noelia no anda cerca: hoy fui al cementerio y me perdí. Me tomó media hora encontrar la tumba que sé perfectamente dónde está. Era como si me hubieran sacado el chip. Eso no es normal.

∞∞∞

Que se devaluara el peso, en 1982, no era novedad, pero que yo me cayera de la bici sí. Toda la vida había sido ciclista y nunca me había hecho ni un rasguño. Luego, en un parpadeo me partí la tibia izquierda en tres pedazos y me deshice la clavícula. El casco me salvó la vida, pero igual tuve un par de fracturas de cráneo y dos hematomas que tardaron años en absorberse. O tal vez meses, pero fueron meses muy largos.

Que lo del país no fuera novedad, que no era ni la primera ni la última vez, no significa que no haya pasado a jodernos. El *show* del mexdólar nos dio en todita la madona. Se hicieron ínfimos los ahorros que teníamos y los que quedaron se fueron en la cuenta del hospital. Tuve, por influencia de Noe, la mejor atención médica posible. Pero ni eso pudo evitarme el reposo. Durante cuatro meses no salí de mi casa, y fueron maravillosos. Me puse a dibujar en la cama, muy a la Frida Kahlo, pero sin bigote, porque en las mañanas doña Sara me traía algo para rasurarme. Desde allí, de tanto estarla mirando por la ventana, por primera vez sentí que la propiedad que teníamos era un desperdicio.

Por una terquedad que había heredado junto con el terreno, me negaba rotundamente a venderles mi casa a los lacras de la especulación inmobiliaria. Pero mientras reposaba allí, dopado y sereno, se me ocurrió que yo mismo, por qué no, podía ser un don Lacra Inmobiliario. Otro factor importante fue que conviví más que nunca con doña Sara, que nos ayudaba con la casa y en esa época me subía y bajaba las comidas al cuarto. Y doña Sara, que hablaba sin parar hubiera o no alguien cerca para escucharla, vivía en una vecindad. Todo el santo día me estaba contando algo de algún vecino, o quejándose del dueño que era un bueno para nada que nomás "vivía de sus rentas". Eso de vivir de las rentas me gustó. Y así básicamente fue como me entró en la cabeza el germen de la idea para la privada. Pero los factores verdaderamente decisivos para la construcción, que no empezó hasta un lustro después, fueron los dibujos que yo produje y los destrozos que produjo el temblor del 85.

Decíamos que lo elegimos juntos, pero en el fondo yo creo que la decisión de no tener hijos (y luego de sí tener) fue de ella. Creo que yo la hubiera seguido fuera cual fuera su decisión. Nunca lo dijimos así tal cual, pero lo cierto es que yo siempre me sentí más cómodo concediendo que decidiendo. Conceder te hace sentir buena persona. En cambio, decidir te hace parecer mandón, y yo como tuve un padre mandonsísimo, nada rehuí más en la vida que parecerme a él. También es cierto que tener hijos me daba más miedo que no tenerlos. Noelia fue la hermana mayor de cuatro chamacos. Cambió pañales desde los seis años. Yo soy hijo único. Yo pienso en un pañal no como un gran invento sino como un artefacto complejo, y lo pienso con el mismo asco con que pienso en sus contenidos.

Eso, acota Noelia, es un comentario supino e irrelevante, típico de un sólo-hijo.

Puede ser. Pero una vez le pregunté a Páez qué opinaba él, y él me contestó, simplemente: ¿Pañal?

ooooo

¿Tengo demencia senil?, es lo que me gustaría poder preguntarle a Páez.

ooooo

A veces me despierto en medio de la noche y pienso cuánto desperdicié el nombre de Noelia Vargas Vargas. Se me aglomera una energía negra en las piernas, podría patear algo. Pero lo máximo que pateo es la colcha, más como un niño berrinchudo que como un hombre encabronado. Debería haber usado más su nombre, debería haberlo pronunciado en vano. Tiré miles, millones de oportunidades de saborearlo. Cuando hablaba de ella, decía:

"mi mujer". Cuando la llamaba a ella, decía: "amor". Cuando le mandaba un mensaje a su celular, ni siquiera la saludaba. Escribía llanamente, como si fuéramos inmortales: ¿Vienes a comer?

∞∞∞

A Noelia le gustaba la palabra *proyecto*. La hacía sentirse organizada. Decía que compartíamos un proyecto de vida. Pero yo creo que mi mujer, con todo respeto y aunque lea esto, no entendía bien —no con su sudor— lo que significa un proyecto. Algo que arrancas, te entusiasma, te estancas, te choca, y luego, si eres orgulloso y valiente y humilde y soberbio y muy terco, terminas. Luego por lo general sigue una fase de posparto y ofuscamiento hasta que te viene la serenidad y junto con ella te cae el veinte tristón de que nada cambió y de que probablemente nadie va a leer tu libro. Luego viene la paz y luego, quién sabe cómo, por ahí germina la curiosidad por un nuevo proyecto. Te pones a arar de nuevo y vuelves a empezar. Yo trabajé así toda mi vida. Así hice todo lo que hice: la privada, la Milpa Mejorada, cada artículo, pero ahora no logro armar un plan de ataque, se me están muriendo las plantas, a duras penas lavo a las nenas. Sólo bebo y escribo en Nina. Pero ni siquiera soy buen bebedor, al tercer tequila ya tengo que ir a recostarme, y cuando escribo me sale todo en desorden. Así —sin principio ni final ni puntos por publicar— no existe el proyecto ni la posibilidad de terminar con esta rutina improvisada y benéfica, que de hecho quizá prolongue hasta el último de mis días. Linda me preguntó el otro día si no estaríamos volviéndonos alcohólicos. Le dije que no, que nosotros somos plantas C_4, como el amaranto: más eficientes en el uso de los líquidos, capaces de producir una misma cantidad de biomasa con menor cantidad de agua. ¿Biomasa?, preguntó. Lágrimas, le dije.

El proyecto.

Decía: Noelia no trabajaba por proyecto, sino por inercia. Pacientes había siempre. Y eran como el mismo repetido, el mismo interminable. Así que cuando ella hablaba de *proyecto*, algo en mí protestaba. Pero nunca en voz alta, claro, porque Noelia hablaba de eso con harta autoridad. Le salía ese lado seguro de sí misma, como si te estuviera explicando la obviedad del sistema circulatorio: era otra, pues, hasta le cambiaba la voz. Decía con esa voz rotunda, por ejemplo: Alfonso, estás de acuerdo en que eso de reproducirse no ha lugar en nuestro proyecto de vida, ¿verdad?

¿Y yo qué decía? Ya ni me acuerdo. Le sonreía, supongo. O le decía: Verdad. Y es que yo estaba de acuerdo. Siempre estuvimos de acuerdo Noe y yo; cuando no estábamos de acuerdo, al ratito se nos pasaba. Nos gritábamos, a ella le encantaba azotar puertas, a mí me encantaba agarrar mi chamarra e irle a dar dos vueltas a la cuadra, y luego ya. Todo pasaba. Menos ahora. Ahora sí estamos estancados. Ahora sí, qué ganas de pelear.

⸎

El mundo está lleno de pericos perezosos periscopio perímetros pelados pedos y pentágonos. Por mí, que perezcan los pendejos.

⸎

Estoy de pésimas por un artículo en el periódico de hoy, en el que todavía se menciona el mito de que sólo se sembraba maíz en las chinampas de Xochimilco. ¡Por favor! ¿Cuántos estudios más tenemos que publicar para que en las escuelas empiece a enseñarse la verdad: que allí se plantaba el *huautli,* el amaranto sagrado; estaba por todas partes, se comía el tallo, las hojas, la semilla, y se usaba como ofrenda, también, con la harina hacían figuras de dioses y les clavaban pequeñas espinas con su sangre. Los españoles prohibieron el amaranto porque no eran pendejos: sabían que más valía una fuente menos de energía que tener que enfrentarse al poder de la religión. Destruyeron kilómetros de plantíos. Se inventaron penalizaciones, castigos severos para quien lo sembrara, y el *huautli* se borró de la memoria con el éxito rotundo que sólo alcanzan los mejor armados. Inventaron una nueva historia a punta de lanza: ¡Aquí sólo había maíz! Y nos lo creímos. Nos obsesionamos con la milpa. Yo también lo estuve, durante dos décadas, varios libros. Y sí, sí, es fascinante la milpa, como lo son las pirámides. Pero hay algo debajo de lo monumental, algo bello e ingenioso y múltiple: las vidas privadas. Los dioses a escala familiar, donde alimento y ritual son uno y lo mismo. Pero eso, lo chiquito, el amaranto, la vida simplona del rito cotidiano, no interesa. O los difusores culturales no quieren verlo. Igualito que los guías turísticos se niegan a explicar que las dos ventanas de la pirámide de Tulum son en realidad un faro. Se han hecho pruebas, gente del instituto ha proyectado, con velas, un halo de luz por la abertura, como hacían los mayas, para guiar las pequeñas embarcaciones por el único canal que permitía no encallar en la rocosa península: el arrecife mesoamericano es el segundo más largo del mundo, empieza en Yucatán y termina en Honduras, es fascinante estudiar la navegación de la zona, pero a los hoteleros no se lo parece. ¿Un faro?, opinan: ¡qué poco interesante! Mejor lo tachan y escriben en los textos oficiales: Un templo. Como si fuera mejor ser fanático que habilidoso. Me da coraje, pues, todavía a estas alturas, que tantos de nuestros descubrimientos sean sistemáticamente ninguneados por el ímpetu *ignorantus machistus faraónicus*. A veces de verdad creo que en el instituto trabajamos nada más que para los académicos gringos: somos su maquila de detalles jugosos. Lo que encontramos con nuestra investigación en este país, sólo allá, con el tiempo, se dará a conocer. Allá: lejos de la SEP. Va a ser así: un día un pinche gringo *overeducated,* que no se ha comido una alegría en su vida, va a escribir un libro llamado *Amaranthus,* con todo lo que yo llevo años diciendo, o tal vez le ponga el título en náhuatl, para que suene más autóctono: *Huautli for Dummies,* a la venta hasta en los aeropuertos. Al gringo le darán plaza en Berkeley y luego los chinos, que ya de por sí plantan más amaranto que nadie, tendrán nuevo mercado: la clase media gringa tan perdida en cuestiones alimentarias, tan sin tradición, tan a merced de la información y la informática: Dime Qué Comer podría ser una descripción en tres palabras del gringo educado promedio. El amaranto chino procesado lo empaquetarán en algo brilloso, lo anunciarán en la tele y lo exportarán cual juguete de plástico. En México lo compraremos caro, y si a un niño le dices que eso no es más que una alegría, te partirá la cara con su puño fortificado. Yo sólo espero estar bien muerto para entonces.

⁖

A veces voy a la tiendita de la esquina por cervezas, o algo, pero la compra grande me la hace Beto, lo cual le agradezco. Y no lo digo sólo por si me quedo tieso con la laptop abierta. Porque he pensado en esto desde que murió Noelia: ¿quién de los vecinos va a dar aviso si yo cuelgo los tenis? Y, ¿a quién le dará aviso? ¿Al instituto? Y los del instituto, ¿qué? ¿Me meterán en una caja con sus siglas? ¿Me enterrarán entre unas ruinas cual patrimonio de la nación? Lo dudo. Quien me encuentre tendrá que tirarme a la basura nomás, sin ceremonias. Tal vez oleré mal para entonces, yo que siempre me acicalé tanto. Mi conclusión es que seguramente será Beto quien me huela, cuando traiga la compra. Por eso, aunque no le dije que era por eso, ya le di un juego de llaves. Cuando lo oigo entrar, bajo a invitarle una cerveza, porque sí, porque estamos vivos, y casi siempre acepta. Nos sentamos en la terraza que da a la MM muerta, donde antaño el rosa profundo de las flores de amaranto saludaba con el viento, y elaboramos planes estériles de quitar las plantas secas e instalar un asador o una alberquita. Hablamos de cualquier cosa hasta que es la hora en que tiene que ir por su niña a la clase de ballet o no sé qué. Beto me conversa, me hace preguntas, es generoso y muestra interés; ahora que lo pienso, Beto es uno de los pocos hombres que he conocido en la vida que inspiran confianza. Tal vez porque su mujer se fue. O tal vez por eso se fue su mujer. En el fondo, creo que yo también soy un hombre de ésos. Pero tal vez sólo es mi ego el que me ofrece esa ilusión y en realidad soy de los que inspiran pura indiferencia. Mejor indiferencia que repudio, claro, pero no tan honorable como confianza. No una indiferencia ojete, para nada, sino la que resulta naturalmente de años de esfuerzo por pasar inadvertido. La timidez crónica, sumada a un buen matrimonio de inmersión total y una serie de hábitos solitarios, es una receta para la desaparición. Te conviertes en una especie de Gasparín: amistoso pero absolutamente prescindible. De chiquillo, cuando me daban a escoger entre poderes mágicos, siempre elegía el de viajar en el tiempo. Ver sin ser visto es lo que quería. En el fondo creo que eso es lo que define a mi gremio. Diría que los antropólogos poseemos una tendencia natural a la observación y una sana dosis de curiosidad por lo humano, pero sin llegar a la sensibilidad del artista, la austeridad del filósofo ni el sentido oportunista del abogado. Nuestra sana curiosidad está lejos del rigor sistemático, ligeramente obsesivo del espía o del científico, del ingenio extrapolador del sociólogo, de la disciplina del novelista. Pero tenemos un poco de todos ellos, si se quiere ver el vaso lleno.

Volviendo al punto y en una nota más optimista, puedo reportar que: *a)* la gente todavía me evita en las calles. No me mira pero aún me rodea, me sale al paso. O sea que, al menos físicamente, aún soy perceptible. Y *b)* por primera vez en este año, no pienso morirme pronto, no ahora que intuyo un proyecto, dentro de lo que el luto permanente permite. No voy a morirme justo ahora que he hecho equipo con Nina Simone, AKA la Negra, y que, por primera vez en cuarenta años, me animo a escribir sin pies de página.

Así es mi nueva vida de sabático: en las mañanas no pongo el despertador, los ojitos se me abren en automático entre ocho y nueve. Considerando los recuentos de terror de otros viejos que conocí cuando era chavo, me parece que tengo suerte. O quizá los viejos, más que insomnes, son unos exagerados. Yo, si tuviera algún joven a la mano, también aprovecharía para hacerlo sentir culpable con lo mucho que supuestamente madrugo.

Luego me baño y, ya vestido, me hago un café. He vuelto a beberlo como cuando era un estudiante pretencioso y pensaba que Dios estaba en los detalles siempre y cuando los detalles fueran europeos: de cafetera italiana, derecho. A Noelia le gustaba el café de la máquina eléctrica que, como no sabía a nada, consumíamos en cantidades no aptas para mayores.

Luego desayuno un plátano, o un huevo, según estén las reservas. Luego peino a las nenas, las cambio, y nos sentamos los tres en el estudio, yo con Nina Simone frente a los ojos. Luego paso la mañana escribiendo harto. Hago una pausa a las doce para beber algo en La Taza y brindar con Linda. Luego (yo, que toda la vida había cocinado) como en alguna comida corrida, de las tres que hay en la cuadra. Cocinar para uno solo después de treinta años cocinando para dos, simplemente no es grato. Ya llevo así como tres semanas. Escribo harto pero también borro mucho, porque quiero hacerlo bien: si no puedo contar en orden, al menos quiero contar lo importante. Hace dos días hice, en la primera página del documento, una portada. Escribí con letra inmensa, en el centro de la página: *Noelia*. Luego le puse los apellidos y luego lo borré, su nombre no la abarca. Escribí: *Umami*. Es un poco tonto como título porque ya tengo un libro que se llama así y que es pura teoría culinario-antropológica. Pero por ahora pienso dejárselo porque, a la vez, umami es el título perfecto. Tratar de decir quién fue mi mujer es tan necesario y tan imposible como explicar el umami: ese sabor que satura las papilas gustativas sin, por lo tanto, dejarse distinguir, oscilando tan campante entre lo salado y lo dulce, ahora muy así, ahora muy asado. Complejo y a la vez claro y redondo, como era también la Noe: tan conocida como impredecible. Es un título perfecto porque nadie lo entendería y yo nunca entendí cabalmente a Noelia Vargas Vargas. Tal vez por eso nunca me aburrí de ella. Tal vez es sólo eso el amor. O la escritura: el esfuerzo por poner a una persona en palabras a sabiendas de que nadie es para los otros más que un caleidoscopio: sus mil reflejos en el ojo de una mosca.

A ratos leo pasajes en voz alta. Suelen ser igual de retóricos e infructuosos como el que acabo de escribir y por lo general los borro. Podría pensarse que si los leo en voz alta es para las nenas, pero yo todavía no he perdido el piso a ese grado. Me queda claro que, si me muero, las nenas no le darán aviso a nadie.

Por cierto. Me gustaría, por si sí me muero, dejar algo por escrito:

A quien me encuentre y tenga que tomarse
la molestia de tirarme a la basura:
¡Gracias, mano!
Y también: Ahí te dejo encargadas a las nenas,
se limpian con un trapito húmedo.
Prohibido sumergirlas en agua.

Hace rato que escribí AKA, me vino a la memoria una anécdota. Una vez me contrataron en la Complutense de Madrid, que en los ochenta no era mala como ahora, sino bastante peor, para dar un curso sobre alimentación prehispánica, fusión criolla, la milpa, esas cosas que me sé de pe a pa. Me pasé de contrabando un surtido amplio de mazorcas secas para entusiasmar incautos, y estuve en Madrid un semestre durante el cual, por primera y última vez, Noelia y yo nos escribimos cartas. Noelia conservó todas las que yo le envié, y el año pasado, cuando ya estaba muy enferma, un día me pidió que se las leyera. En algún momento de la tarde leí una frase donde había usado la expresión *knockout.*

¿Qué?, dijo Noelia.

Knockout, dije lento, tratando de enmendar mi mala pronunciación.

Sí te oí, pero no sé qué es eso, ¿como en el box?

Exacto.

A ver, trae acá.

Le mostré la carta y al leer la frase entera se empezó a reír tanto que me contagió. Nos reímos fuerte, juntos, hasta las lágrimas, no nos habíamos reído así desde que nos enteramos del cáncer, quizá mucho antes. Cuando por fin se nos pasó, le pedí explicaciones. Resultó que durante todo nuestro matrimonio, cada vez que yo había usado las siglas KO, ella había leído OK.

Me acuerdo de eso, fue chistosísimo.

¿Pero qué no veías que era justo al revés?

Pensé que era tu dislexia.

¿Cuál dislexia?

No sé, ésa en particular, siempre pensé que era una dislexia tuya muy original.

Una grave falla de comunicación.

Bueno, pues estamos a mano.

¿A mano por qué?

¡Con eso de que cada que yo amanecía triste, tú te ponías contento!

∞∞∞

Hoy le regalé a Marina el libro de Sorolla. Creo que Noelia hubiera estado de acuerdo, tal vez no, porque era su favorito, pero seguro hubiera estado de acuerdo en que si me deprime tenerlo, mejor que lo tenga una muchachita que quiere pintar.

Cuando di el curso en Madrid, Noelia se fue a pasar dos semanas allá conmigo, y le dio por visitar obsesivamente el museo Sorolla, más que cualquier otra cosa porque estaba al lado de la casa y tenía un patio fresco donde sentarse a leer. No había café y por ende no había mozos. A Noelia le caían muy mal los mozos madrileños. En el patio sólo había plantas y mesas y una fuente muy maja donde rellenar su botella de agua. A Noelia le gustaba decir maja pero lo usaba mal, como sinónimo de chava. Por ejemplo, podía decir de alguna vendedora: Me atendió una maja retecreidita, ¿sabes de cuál?

Algunas tardes entrábamos a ver los cuadros de Sorolla. A ella el arte en general le daba más o menos lo mismo, pero después de unos vinos, con sol y soponcio, la pintura no le daba lo mismo sino todo lo contrario. Los fines de semana, es decir, los días que ella y su marido (tan majo) salían a tomar fuera el aperitivo, Noelia, por vanidad, no se ponía los lentes, de modo que los cuadros de Sorolla le parecieron siempre un poco borrosos. Donde los otros veían una escena enorme, apreciable de lejos, ella no veía más que detalles, de tanto que se tenía que acercar para mirarlo. El merengue burdo del óleo arrollado por las espátulas, la maravilla de distorsión y pastelazo que eran de cerca las pinceladas de Sorolla, convencieron a Noelia de que se trataba de un pintor abstracto. Cuando yo le regalé el catálogo del museo, antes de regresarnos a México, y ella lo hojeó con sus anteojos de cirujano, se quedó francamente sorprendida y algo decepcionada. Pero luego le agarró cariño y lo tuvimos siempre en la sala.

Junto con el libro, le di a Marina una foto de Noelia, y le encargué un retrato.

∞∞∞

Tengo una obsesión nueva y corrosiva: el arrepentimiento en su estado más puro. Durante treinta años, al final de cada semana Noelia tiró a la basura su ejemplar de *Astros*. Qué pendejada tan mayúscula. De tenerlos, ahora podría trazar sin miedo a equivocarme la constelación exacta de humores con los que mi mujer despertó durante los treinta años que convivimos. Eso sí que sería un proyecto como dios manda. En mi insomnio, incluso, llegué a considerar buscar a *madame* Elisabeta para pedírselos. Debe tener una hemeroteca privada en archiveros metálicos decorados con estampitas de estrellas, en el mismo departamento, jodido y pintoresco, de la Avenida Revolución. Pero sólo de imaginar la posibilidad de que ya esté muerta también, muerta ella y muerto su perico, preferí no hacerlo. Lo que temo es descubrir quién escribe ahora la *Astros,* no vaya a ser que Piscis esté reciclando números viejos, o traduciendo por internet pronósticos astrológicos croatas en serie: no vayan a derribarme mi teatrito de la astrología como arte literario. Es por eso que ni le rasco, y no porque fuera a entristecerme que se haya quedado viuda la Piscis. Al contrario. Últimamente, pese a mí, las viudeces ajenas sólo me provocan ganas de decir: Ándele, pa que vea lo que se siente.

2 0 0 1

No hay nadie conmigo entre los árboles. Sólo Cleo. Cleo es negro con café y es peluda y es la más vieja de todos los perros de Emma. Le rasco la panza hasta que sus hermanos la llaman desde lejos y Cleo sale corriendo hacia la casa. Yo no tengo perros, ni aquí ni en México. Olmo y yo siempre estamos pidiendo uno, pero Theo es alérgico y Ana quiere un gato. Pero aunque no tengo perros sí sé que hablan entre ellos, y sí sé que si algo es más o menos de tu tamaño y vive en la misma casa que tú, es tu hermano. Cleo vive con sus hermanos y con Emma. La casa de Emma huele a perro y a chimenea. En el piso hay unos tapetes gordos gordos, con dibujos raros de colores, y hay máscaras de madera en las paredes. Todo es como de navidad, menos las máscaras, que son como de fiesta de disfraces.

Cleo no regresa, ya sólo veo castañas por todos lados y hongos chanterelle por ninguna parte. Ya me harté. Quiero irme a la casa también, pero no sé para qué lado es. Creo que para abajo, porque hemos estado subiendo toda la mañana. Sigo las huellas que dejó Cleo en el lodo, hasta una parte en que el suelo está seco, sin hongos ni huellas. Me da frío, me bajo las mangas de mi suéter de lana de muerto, ¿dónde están las demás? El plantío ahora parece un bosque encantado. Me atrevo a cerrar los ojos pero luego me da miedo y los abro. Pruebo con la espalda pegada a un árbol, que es más fácil, tengo que llegar a diez. Voy a contar bien los segundos como me enseñó Pina ayer cuando respirábamos bajo el agua con el popote: un mil, dos mil, tres mil, me da miedo y los abro. Mis hermanos siempre están diciendo que soy una miedosa, pero no es cierto. Sólo cuando sí me da miedo sí es cierto.

Quiero estar en la casa. Camino rápido hacia abajo y al rato la veo, pero muy abajo, muy lejos. El bosque se pone a hablar y tengo que correr y mis zapatos son unos pasteles de lodo que pesan y me tropiezo pero me levanto y empiezo a llorar un poquito pero sigo corriendo y sigo corriendo y como llorando y luego ya no hay sombra, ya salí de las castañas, estoy en lo plano, corro más y estoy en el jardín y hay sol y estoy casi a salvo: corro más y, cuando llego a donde están todas, me ignoran.

Están paradas alrededor de uno de los estanques nuevos. Emma está fumando uno de esos cigarros que se hace ella y parece que está dando clase. Mueve mucho las manos. Ana y Pina la ven con la boca abierta, como tontas. Mamá mete la mano en mi pelo y la mece, algo que hace siempre y que algunas veces me gusta y otras me insoporta. Aunque según mi papá no puedes decir que algo te insoporta, por más insoportable que sea. Me desenojo de que no me pelaron porque quiero entender la clase. Quiero entender bien cómo funcionan los estanques nuevos, para explicárselo a mi papá cuando regrese de la isla.

Emma explica que el estanque es parte de un sistema de estanques en el que se van filtrando las aguas negras hasta quedar limpias. Las aguas negras son las que tienen caca. Las que tienen jabón se llaman aguas blancas. Las aguas limpias no tienen nada y se llaman nomás: aguas. Le pregunto a la abuela cómo el estanque les quita la caca y me dice que con piedras y con grava. Eso no lo entiendo. Siento algo torciéndose en mi cara, es la pregunta: a veces tengo una pregunta pero no sé cuál y se me hace boca de limón agrio. Emma me agarra la mano y me lleva. Tiene una mano muy rara que por afuera es muy suave pero por dentro se siente rasposa, como la piedra volcánica que hay alrededor del teatro donde toca la orquesta de mis papás.

El sistema son cuatro estanques escalonados. El primero no se ve, está debajo de la casa, sólo vemos de él la salida de su agua, que pasa al segundo estanque, y entre el segundo y el tercero hay otra pared-escalón de grava y piedra y plantas. En el tercer estanque hay lirios y en el cuarto hay carpas. Son carpas medianas, no tienen cien años como las de un parque que vi una vez, pero sí tienen bigotes.

Emma termina de explicar, termina su cigarro y va a buscar una manguera. Me quito el suéter y los zapatos y ella me quita el lodo con el agua. Poco a poco, en el pasto abajo de mí se hace un charco café. El lodo duro de mis rodillas se pone aguado y oscuro y se me resbala por las piernas como un jugo de frutas sucias, como si me fueran a beber. Vuelvo a ser de color de yo y al final sólo tengo lodo en las uñas de los pies y en las uñas de las manos, y al final final, la abuela me dice: There you go.

2 0 0 0

Hay niños en el agua. Algunos adultos también, pero no cuentan. Alrededor de la alberca hay racimos de niñas platicando, como uvas que hablan. Pina camina entre ellas rápido. Odia que se haya ido Ana. Le da una y luego otra vuelta a la alberca. Una niña la llama con la mano. Pina la reconoce de otro fin de semana en el hotel. Piensa: Tal vez hoy somos amigas.

La niña tiene puesto un biquini y tiene una trenza que empieza en la oreja izquierda, le recorre la frente como una diadema, le baja por la oreja derecha y luego se le desprende y le cae hasta el hombro, donde cierra con un moño anaranjado. Pina está segura de que su mamá no tendría ni idea de cómo construir algo así. Se acerca al camastro. La niña la señala y les dice a las otras dos niñas que hay allí: Ésta es Pina.

Pina está levantando la mano para hacer un saludo general cuando la niña de la trenza canta fuerte: ¡Pina-cochina-cara-de-china-seguro-que-comes-patas-de-gallina!

Las niñas explotan en cacareos agudos, como se ríe el despertador en las mañanas. Pina se endereza y se va rápido de la alberca, las baldosas secas quemándole los pies. Aprieta los dientes, no va a llorar. No te vayas, grita una de las niñas, pero Pina ya se metió detrás de un búngalo. En otro búngalo de ésos, sus papás se están peleando.

Llega al final del hotel caminando así, por detrás de los cuartos, sorteando piedras, hormigas y colillas. Hay unas cuerdas tensadas entre los barrotes de la ventana de cada búngalo y la reja del estacionamiento. Las pasa por abajo. En la mayoría de las cuerdas no hay nada. Pero en las que hay ropa colgada Pina pasa sin agacharse, las telas le rozan la cara y, por un instante, es como Isadora Duncan que, en las fotos que tiene su mamá de ella, sale siempre envuelta en telas.

Cerca de la reja del estacionamiento, Pina encuentra unos arbustos recortados con distintas formas, un como pollo y otros que más bien parecen esferas, o a lo mejor son huevos. Los huevos de la gallina. A veces, se le ocurre, los huevos son más grandes que la gallina. Detrás de los arbustos hay una banca de fierro; se sienta. Está hirviendo pero se obliga a aguantar. Tiene vista hacia el estacionamiento, no hay nadie allí, sólo sus coches. Los coches de Nadie. Los cuenta para no pensar en que la banca le quema las piernas. Son catorce. Bajo las llantas de los coches, el cemento emana ondas de calor que hacen bailar levemente el estacionamiento, si se le queda viendo sin parpadear.

Pina tiene un plátano en la mano, está café en donde lo ha estado apretando. Su papá se lo dio antes de correrla del cuarto para que no viera la pelea, y ni siquiera se acordaba de traerlo. Hay una caseta de vigilancia cerca, con uno de esos vidrios que parecen espejo. Se pregunta si hay alguien dentro. Pela su plátano lento, necesita hacerlo todo muy lento hoy, para que se vaya el sol y luego la noche y luego regresen a la privada y pueda contarle todo a Ana. Los días sin Ana son como la televisión cuando apachurras el botón de *mute*.

El otro día Víctor, el papá de Ana, les dijo que no es cierto que el botón de *mute* cambia el sonido a una frecuencia que sólo oyen los mutantes. Pero cuando se fue de la sala, Theo volvió a jurarles que sí es así. Theo también les explicó que este año, que es el 2000, se llama Año Cero Cero, y los años siguientes se van a contar así: Cero Uno. Cero Dos. Cero Tres. Ya no va a haber el 20 del principio, porque sólo quita espacio. Dijo: Va a ser como cuando México les quitó tres ceros a los pesos y un millón se volvió mil y eso se llamó nuevos pesos, pero ustedes no se acuerdan porque eran bebés.

Tú ni habías nacido, le dijo Ana.

Por eso, le contestó Theo: Yo ya soy de la generación nuevos pesos, yo sí sé cómo se cuentan los nuevos años, no como tú, que tienes pus en el cerebro.

¿Y cuando pase de diez?, preguntó Pina: ¿Va a ser Cero Diez?

¡Muy buena pregunta, Pi!, dijo Theo dándole la espalda a Ana. Va a ser así: Diez, Once, Doce, y ya, sin ceros; yo voy a cumplir veinte en el año Trece, es de buena suerte.

Pina no le creyó del todo. Además, Ana le aseguró que Theo lo había inventado todo y los años se van a llamar dosmil, dosmiluno, dosmildós, dosmiltrés, como cuentas los segundos pero obvio no tan rápido. Puede ser, pero lo otro, lo de los mutantes, Pina sí lo cree un poquito más porque cuando le pones *mute* a la tele no se calla del todo, no como cuando la apagas. Hay un ruido que no es ruido exactamente pero tampoco silencio. Tal vez sí es algo que se está transmitiendo para alguien muy lejos.

Pina está mordiendo su plátano con los dientes de enfrente, como un conejo en cámara lenta, cuando se mueven los arbustos. De atrás salen dos niñas y un niño. Como que no esperaban verla: ahora que está ahí no saben si sentarse. El niño la ignora, pero una de las niñas le hace chu con la mano, como a un perro. Pina se recorre un poquito hacia la orilla. Se concentra en su plátano, para que vean que no es una metiche. En la pulpa del plátano está el dibujo de sus dientes de enfrente, del espacio entre los dos.

Bueno, dice el niño: ¿Quién va primero?

Las niñas se ríen nerviosas y una señala a la otra. La señalada niega con la cabeza y se sienta junto a Pina. Tú primero, le dice a la otra: Fue tu idea. La niña de pie dice que bueno, y le entrega su mano derecha al niño. Pina se espera algo asqueroso, como que se la bese.

Niñas primero y niños después, dice el niño.

No, pide la niña: Al revés.

Al revés es más fácil.

Por eso.

Bueno, como quieras.

O, bueno, ok, niñas primero. ¿Duele?

¿Niñas primero?

Sí.

¡Ay, ya!, dice la niña junto a Pina. Sube los pies a la banca y se abraza las rodillas. Tiene unas sandalias de plástico con diamantina. La mamá de Pina nunca le compraría algo así. A su mamá le gustan los zapatos de cuero, le gusta que ande descalza: dice que es lo natural. El niño, sin soltar la mano de la niña, levanta el índice derecho, para que todas vean su uña: más larga que el resto. Víctor y el papá de Pina también tienen una uña más larga, la del dedo gordo, las usan para tocar la guitarra. Pero este niño, su uña, parece que la usa para otra cosa porque después de presumirla la coloca en el dorso de la mano de la niña. Respira hondo y empieza a mover el dedo: está rascando. Rasca y dice: A.

Almendra, dice la niña.

El niño para de rascar. Dice: Almendra no es un nombre.

Ya sé, perdón, es que me puse nerviosa.

Sólo nombres, ¿eh?, es la última vez que le paro antes de la segunda zeta, ¿eh?

OK, dicen ambas niñas. Pina también dice que sí con la cabeza, pero por suerte nadie se da cuenta. El niño empieza a rascar de nuevo.

A, dice él.

Ana, dice ella.

B, dice él.

Berta, dice ella.

C, dice él.

Carmen, dice ella.

El niño entra en trance. Rasca en el mismo punto, con la misma intensidad, y va diciendo las letras. La niña en cambio cada vez se mueve más. Se retuerce pero sin agitar la mano que el niño sostiene: un poco como las mariposas de muestrario, clavadas al fondo de su caja con un alfiler. Cuando llegan a la *m,* la niña alza la voz (grita: ¡Mónica!), pero no quita la mano. En la *p* se detiene un rato y Pina quiere soplarle su nombre pero no se atreve. Siempre que dice su nombre la gente la ve raro. ¡Petra!, dice la niña, y el juego sigue: Q, ¡Queta!; R, ¡Rocío!; S, ¡Silvana! Su amiga arruga la nariz y le pregunta bajito a Pina: ¿Silvana? Pina alza los hombros. El niño dice letras y rasca haciendo su mejor esfuerzo por mantener estable la mano de la niña, que ha empezado a dar saltos. La amiga y Pina se paran y acercan las narices para ver cómo va la mano: se ve bastante rojo abajo de la uña del niño. Rojo sangre, no: rojo irritado.

Pasan a los niños. Armando, Bernardo, Claudio, Damián, Efraín, Fernando. La niña empieza a llorar. Su amiga le pone una mano en el hombro, la niña le dice a Pina: Tú quítate. Pina regresa a la banca. De las palabras que dice la niña, *Tú quítate* son las únicas que no son un nombre. Que hayan sido para ella hace que Pina se sienta importante. Se da cuenta de que todavía tiene el plátano en la mano, entre los dedos, pegajoso. Lo avienta hacia los arbustos, nadie lo nota.

Hasta Osvaldo, la niña tiene el cuello desvencijado hacia un lado y los ojos cerrados. Luego, el niño dice P y ella levanta el cuello, dice: ¡Pendejo!, y le arranca la mano al niño. La amiga suelta una carcajada pero de inmediato se calla. La niña sostiene su mano derecha con la izquierda y la mira como si no fuera suya, como si no supiera de dónde salió eso. El niño sigue con el dedo en posición pero ya no tiene nada que rascar. La amiga pregunta: ¿Estás bien?

La niña se limpia los mocos con el antebrazo.

¡Te faltaba bien poquito!, dice el niño mientras se quita la sangre de la uña con una esquina de su traje de baño.

En las tardes se juntan las golondrinas. Son muchísimas. Pina se sienta en un camastro para verlas. A esta hora huele menos a cloro y más a flores. Las flores cuelgan de los árboles como manitas blancas, rojas, abiertas. De grande, Pina se imagina con flores de ésas en el pelo, seguidores en los talones, los niños de ahora ya grandes, peleándose por ella, por llevarle flores. Es domingo, ya casi no hay nadie en la alberca. Su papá está en el cuarto, su mamá se fue a caminar. Las golondrinas llegan en grupo y se van metiendo por las antiguas chimeneas en la cúpula del edificio principal. Pina las va a contar todas. Si cuenta más de cien es que sus papás se van a quedar juntos; si menos, es que se van a separar.

Un niño sale del agua y camina hacia ella. Pina cree que tal vez la va a insultar, como la niña de la mañana. No lo mira. Mira sólo el cielo, pero igual sabe que el niño se acerca.

Hola, dice el niño, y Pina lo reconoce por la voz. La está haciendo perder la cuenta y no quiere. Espera, le dice, y cuenta en voz alta para que entienda. Cincuenta y cuatro. Cincuenta y seis. El niño se gira para ver también las golondrinas. Su traje de baño gotea y en la alberca se multiplican los pájaros.

Ana, Berta, Carmen, Diana, Esther, Fernanda, Gema, H...,
H..., Helena, Irma, Julieta, Karla, Luz, María, Natalia, Oma-
ra... ¡sí es un nombre!, Paulina, Queta, Raquel, Sonia, Tania,
Úrsula, Vicky, Wanda, Ximena, Yolanda, Zamuela... no me
importa, Armando, Bernardo, Carlos, Domingo, Eduardo,
Félix, Gerardo, Horacio, Ilario, Jacobo, Kiko, Luis, Mariano,
N..., N..., N..., Núñez, ¡auch!, Natalio, Natalicio, Nopalito. ¡Ya!
Octavio, Pedro, Querétaro, Raúl, Saúl, Tito, Uva..., Sal de Uvas
Picup... ¡Ya!

El niño se limpia la uña y Pina le da las gracias. Se sientan en
la banca. El niño le agarra la otra mano y Pina la quita rápido:
no quiere jugar más. El niño dice que sólo le quería dar la mano,
nada más. Pero ella sabe que aquí no se puede confiar en nadie.
¿Sabes cómo se hacen los niños?, le pregunta.

El niño se levanta, se va por detrás de los arbustos y no regresa más.

Pina no ha dicho ni una sola mentira en todo el día; entonces, ¿por qué se siente como una mentirosa?

III

2 0 0 4

Luz cumple tres años de muerta. Mamá se arregla (se suelta el pelo) pero está de malas. Quema el pan tostado. Se me cae un poco de jugo al piso y dice: Perfecto. Cuando va a lavarse los dientes, reclama desde el baño que papá, que acaba de rasurarse, dejó pelos en el lavabo. Papá y yo cruzamos miradas de paciencia y, cuando mamá finalmente declara furiosa que no va a venir con nosotros, creo que nos sentimos aliviados. Papá, de todos modos, intenta convencerla. Pero ella no se deja, dice que este año voy yo en su representación. A mí me dice: Arrancas las malas hierbas. Y luego me abraza fuertísimo, como si por ósmosis fuera a darme lo que sea que necesito para representarla frente a la lápida. Ven, le digo en el abrazo, vamos a saludar a Luz. Pero su nombre tiene un efecto eléctrico. Mamá me suelta de tajo y se va a su cuarto, amarrándose otra vez el pelo con el trapo. Es un trapo negro, hoy, de seda. En la otra vida, éste era un chal que usaba en los conciertos. Tiene bordadas dos flores rojas: algo flamencoso y antaño especial. Las tragedias normalizan los objetos, creo. Desde que se murió Luz, ya nadie aquí celebra un juguete, un mueble, ni siquiera los instrumentos parecen tan importantes. Algo utilitario: el chelo, el piano, los timbales: boyas nada más.

Nunca supe que mis papás hacían esto mientras nosotros estábamos en el campamento. ¿Cada año?, pregunto. Cada año, dice papá: Y siempre paramos en ese puesto de allí. Se estaciona, me da dinero y me bajo sola. En realidad han sido dos veces, no es tanto. Pero la nueva vida ya parece vieja. Hay nuevas costumbres. Cuando regresamos a la casa sin Luz la primera vez, pensé que nunca iba a volver a entrar a nuestro cuarto sin esperar verla allí, jugando con Camaleón, el león de peluche que vivía en su cama. Pero su cama ahora es mi *chaise longue* y Camaleón está guardado en una caja en algún lado y ya nunca espero verla cuando entro. Si pienso en ella es para imaginarme cómo sería ahora: tendría ocho años. Más o menos pronto empezaría a usar corpiño, y yo tendría que explicarle qué hacer si le baja en la escuela la primera vez. Yo estuve todo este año con el suéter amarrado en la cintura, por si las dudas, pero no me bajó. Lo bueno es que a Pina tampoco le ha bajado, no como a TODAS las otras niñas del salón, que hablan de haber aprendido a usar un tampón como si fuera cruzar el Atlántico en velero. Sólo falta que nos proyecten las diapositivas, como cuando Emma se iba de crucero.

Los arreglos del puesto de flores son como para señoras. Para señoras muertas o para señoras que creen que sus muertos eran cursis. Agarro tres girasoles, los pago y, cuando los meto a la cajuela, me acuerdo de algo básico: Luz no está enterrada donde vamos. El año que entra, le digo a papá poniéndome el cinturón, podremos traer flores de nuestro patio. Papá arranca el coche y me corrige: Nuestro jardín. Luego usa también el nombre, quizá para enmendar la reacción de mamá de hace un rato. Lo dice sonriendo: A Luz le gustaría mucho tu milpa jardín.

La tumba es pequeña, de cemento, no tan distinta de mis jardineras pero con tapa. En la tapa dice: *Luz Pérez Walker, 1995-2001.* Y, abajo: *Hija y hermana adorada.* Ah, dorada. Como una medalla. Tenía una fantasía sobre este momento, sobre lo que le diría a Luz. Pero en mi idea llovía. Ahora hace un sol tremendo y no hay una sola sombra en el cementerio. No tengo nada que decirle. ¿La adoraba? Era mi hermana. *Bina,* le decía a Pina. *Mana,* me decía a mí, una buena combinación entre hermana y Ana, pero no la inventó: Olmo y Theo la habían usado antes. Una vez, Bina y yo la cambiamos veinte veces de ropa y la maquillamos, se dejaba hacer de todo. La adoraba, sí, supongo. Su acta de defunción está hecha en Michigan. DECEASED, dice. Odio esa palabra. Suena a disease. Pero de una disease puedes curarte. Y Luz no estaba enferma. Es más, Luz sabía nadar. Debe haberse enredado con algo, es lo que creemos. El cuerpo de Luz está hecho cenizas y echado en el lago. En el momento parecía lógico, cremarla allá y ponerla con el abuelo. Pero ahora no logro entenderlo: ¿por qué la dejaríamos allí? Me pregunto si piensan en ella mis hermanos mientras pescan en la canoa con sus gorras gigantes del Penny Saver. Me pregunto si se les ocurre algo para decirle.

Traje las tijeras gigantes de Alf, pero no hay ninguna hierba que cortar. Las uso para recortar los tallos de los girasoles y acomodo los tres sobre la tumba hasta que encontramos interesante la composición. Pero al rato los desacomodo. Si algo no era Luz, era ordenada. Papá está de acuerdo. Cuando era bebé, le recuerdo, siempre llenaba todo de papilla. Papá suelta una carcajada. Una vez, dice, tuve que limpiar papilla del techo, primera vez en cuatro hijos: esa niña tenía brazo de beisbolista.

Un golpe al pecho, allí, unas lágrimas que me suben a los ojos pero no se sueltan. Esa niña. Eso es lo que ya no tenemos para Luz. ¿Qué es? ¿Irreverencia? Confianza. Cabroncitos, les dice papá a mis hermanos. Para que te hagas hombrecita, me dice a mí cuando me enchilo. Estar muerta es eso también: ya nadie te insulta, ni siquiera por amor.

Me siento bien cuando nos vamos. Triste pero interesante. Y limpia. Sólo me hace falta el soundtrack. Le pido a papá que cante y quién sabe por qué canta *La donna è movile qual piuma al vento, muta d'accento e di pensiero,* un clásico en la familia. Antes, mamá lo cantaba en las mañanas. Ahora quiero una pizza, le digo, y él me da su celular. Llamo a mamá y ella, que normalmente se niega a comer nada que venga en caja, pide una de tocino con cebolla. Camino a la pizzería, papá llora al volante. Discreto. Sin suspiros, sin soniditos, sólo las lágrimas resbalándole por los cachetes, como en los dibujos que hacía un tipo en un parque por mi casa: se hincaba en el piso y con aerosoles y espátulas hacía los mismos paisajes una y otra vez, en cosa de segundos. Su personaje fetiche era un payaso al que le caía una lágrima por el cachete. De pronto, le doy crédito al mal pintor: resulta que su motivo es real: resulta que hay quien llora así, y en mi propia casa. ¿No se llama a esto una revelación? Hay quien la llamaría así.

Cuando llegamos a casa, mamá ya no está enojada. Está triste y mansa: se come las pizzas, dice que están buenas. Después nos tumbamos juntas en el sofá y me acaricia la cabeza. Le digo: No debería llamarse aniversario.

Me dice: Eso dice siempre tu papá.

Le digo: Inventé una palabra.

¿Cuál?

Griste.

¿Un poco gris, un poco triste?

Ajá.

Es una palabra de Marina.

Sí. ¿Ya vas a hacer las paces con ella?

Si Chela y Pina hicieron las paces, ¿por qué no, verdad?

¿Qué tiene que ver?

¿Cortaste las malas hierbas?

No había.

Mmm. Debe ser porque no hay cuerpo allí.

¿Qué tiene que ver?

¿Me traerías una cobija?

Papá nos acompaña la segunda vez al vivero, para vigilar de cerca su inversión. Pero él es el peor enemigo de su propio presupuesto. Pina y yo lo vemos caer presa del vendedor una y otra vez y no decimos nada. Nos emocionan las plantas. El vendedor de hoy es otro, no el pervertido, sino un joven con rastas. Me pone nerviosa. Me muerdo el cachete por dentro y luego me obligo a hablarle. Estoy regenerando el oxígeno de mi privada, le digo. Y él me contesta: Bien por ti, amiga. Pero me lo contesta viendo a Pina.

Salimos tan cargados que papá resuelve ir a buscar el coche. Mientras lo esperamos frente al invernadero, una señora se nos acerca. ¿En cuánto salen éstos?, pregunta señalando nuestra recién adquirida mata de tomates cherry. Antes de que yo pueda contestar, Pina le dice: Doscientos pesitos, señora, pruebe uno. La señora prueba uno y nos compra la planta. Yo estoy tan impresionada que no puedo decir nada. Para cuando papá nos abre la cajuela, Pina ya está de vuelta, con una segunda planta cherry y sus cincuenta pesos extra en el bolsillo. Volvió ayer, todavía no me cuenta nada de su mamá. Dice que cuando revele las fotos. Se llevó la vieja cámara de rollo pero ahora, dice, Chela tiene una digital. Me pone triste, eso, que la llame por el mismo apodo que la llamábamos todos. Debo de hacer caras porque me dice: Ella me pidió que le diga así y a mí me gusta.

OK, le digo, OK, perdón.

En total tenemos: dos sábilas, un limonero, una lavanda, varias suculentas sin nombre. Con el viaje de hoy sumamos los tomates cherry y dos plantas altas llamadas esqueleto: tienen unas hojas grandes, verde oscuro, con unos huecos redondos. Supongo que de allí viene el nombre. Los hoyos como los hoyos de los ojos en el cráneo. O algo más sutil: los huecos que deja un muerto, algo que no se puede decir. Tenemos otras cuatro plantas bonitas cuyo nombre he olvidado. Una parece una col morada, las otras son todas verdes. Ésas voy a agruparlas en la jardinera más cerca de la casa, porque según el rastas son de sombra. Ya tengo la tierra para el rincón milpa (la milpa ha sido reducida a un rincón), y la semana que entra iremos por el pasto. El pasto me emociona. Se coloca, según entiendo, como si fuera una alfombra.

Cuando papá nos deja solas en el patio, Pina se tumba boca abajo sobre la mesa de picnic. Tiene puestos unos shorts tan cortos que se le asoma la sonrisa de una nalga. Me recuerda al verano pasado: estábamos en una banca afuera de un centro comercial y la abuela dijo, sobre una chica que pasaba: Si se cae de esa falda, se mata.

¡Mira!, grita de pronto Pina señalando la albahaca que planté hace dos semanas. Le salieron unas florecitas blancas. Llamo a mamá y ella abre la puerta corrediza. Estaba practicando en la sala y tiene su cara de concentrada: los ojos rojos y una sonrisa vaga, como de cuando nos pide perdón.

Hay que arrancárselas, dice señalando la planta con el arco del chelo.

¿Por qué?

Si le dejas las flores, se le caerían las hojas, que es lo que se come.

¿Por qué?

Tú hazme caso, dice, y cierra la puerta. Pina y yo le arrancamos una a una las florecitas a la albahaca. Se me ocurre que de haber sabido podría haberlas llevado al cementerio. Es una idea ridícula: son diminutas. Pero Luz también lo era. Diminuta. Se me sentaba en las piernas y se abrazaba las suyas. Se hacía bolita para que yo la estrujara. Squeeze!, ordenaba. Me daba miedo, a veces, la posibilidad de romperle algo y siempre la soltaba antes de que ella quisiera. Todos lo hacíamos, soltarla. Mis hermanos aguantaban un poco más, pero no tanto. Luz siempre quería que la estrujaran más. Squeeze, squeeze, squeeze!, le pedía a papá y papá la estrujaba con un solo brazo. Aunque no quiero, me la imagino en su caja, en el cementerio. Pero es otra idea ridícula, porque esa caja no tiene nada. Era demasiado caro y complicado traer el cuerpo a México.

¿Qué?, le digo a Pina que se me quedó viendo.

Estás bien bronceada, dice Pina.

Estás bien idiota, le digo yo, y ella se larga.

2 0 0 3

La mujer es estúpidamente hermosa. Así la ve Marina: con adverbio. La mujer grita para ser oída sobre el escándalo del granizo picando el techo de teja: Te vas a ir al cielo, niña. Y Marina: Gracias, porque no sabe qué más decir, pero piensa: Evangelista. Y: Qué pendeja soy. Eso último lo piensa con el esternón: se le cierra. Y esto con la cabeza: Le abrí la puerta a una evangelista desconocida, ensopada, posiblemente peligrosa.

Soy amiga de Beto y Pina, dice la mujer, señalando la casa de la izquierda: ¿Conoces a Pina?, ¿vive allí todavía?

Alivio: Marina conoce a Pina. Es amiguita de los niños que cuida y, sí, vive con su papá en la Casa Ácido.

¿No están?, grita Marina.

¿Crees que podría entrar a tu casa tantito?, grita la mujer.

Marina piensa: No. Pero dice: Claro.

Corren a la casa. Marina abre y cierra la puerta con dos empujones. Ni el azote se oye, por la tormenta. Tiene empapados los pies: las malditas coladeras de la privada se tapan al primer granizo. Marina avienta las chanclas y se seca cada pie restregándolo contra el muslo contrario.

La mujer sale de la bolsa negra y, después de mirarla un segundo, como para comprobar que no hay nada de valor allí que podría haber olvidado, abre otra vez la puerta y avienta la bolsa hacia el pasillo exterior. A Marina le sorprende esto, tal vez le molesta un poco, no decide. ¿La mujer va a llevarse la bolsa cuando se vaya o va a dejársela ahí tirada de recuerdo? ¿La bolsa se va a enredar entre sus macetas o se irá flotando hasta la campana, tal vez hasta la puerta de su casero? La mujer cierra de nuevo y a Marina le da la sensación de que, si no estuviera lloviendo, igual no la hubiera oído cerrar: la mujer se mueve suave y fluido, tiene uno de esos cuerpos que no hacen ruido. Bajo la bolsa, además, parecía encorvada, pero ahora Marina aprecia lo derechita que es. Le da miedo de nuevo, pero mitigado por la curiosidad, como un radio que alguien prende en la casa de al lado. Evangelista no es, dice el locutor, pero ¿y delincuente de alcurnia?, ¿miembro de una banda de secuestradores? La mujer se frota los brazos y toma un segundo para expandirse. Se sacude el pelo —negro, denso— y de un suspiro largo retoma su forma y tamaño naturales: pequeña pero bien plantada, llena el espacio que abarca, está goteando. Señala una silla rota que hay junto a la puerta y Marina dice: Sí, pero la mujer no se sienta, nada más cuelga su chamarra en el respaldo. La chamarra es de mezclilla.

Qué buenísima onda de chava, dice la mujer mientras se desenreda la mascada que traía puesta: una cosa insustancial, teñida a mano en *tie-dye,* un trapito tan juvenil que la envejece.

Pase, dice Marina.

Pero háblame de tú, dice la mujer mientras se seca el pelo con la mascada.

Pasa, dice Marina señalándole la sala: Te traigo una toalla.

De la nada, la última vez que hablaron por teléfono, su papá le dijo: Ya no eres una niña, Dulce Marina. Se sintió robada, entonces: ése había venido siendo su argumento desde hacía más o menos diez años, y ahora él pretendía adjudicarse el descubrimiento del hecho, y sellarlo con el nombre completo y empalagoso que nadie más que el IFE y él usaban para llamarla. El nombre como el sello de una carta antigua. Robada. Sucia como los delitos postales: graves y discretos. Marina le dijo: Ya lo sé. Y él siguió: A tu edad tu mamá ya tenía su primer hijo. Y ella: Ya lo sé, papá. Cuando colgaron, Marina sintió un coraje puro, prístino, una sana novedad. Pero ahora, el sabor de ese coraje le regresa mientras revisa las toallas colgadas en el baño buscando la menos sucia. No le gustó ese "háblame de tú" de la mujer, como si ella fuera la anfitriona y Marina la intrusa. Marina se mira en el espejo unos segundos, nada más, pero suficientes para avergonzarse de su demora, porque es ella la anfitriona. Agarra la toalla verde, es la que usa menos. Verduffy, piensa, y es su primer color bilingüe: el verde *fluffy* de la toalla que no usa.

La mujer está en el sofá. No recargada, sino sentada en la orilla, muy derechita, pero tampoco tensa, al contrario, parece pertenecer allí, como si hubieran tenido una cita, como si fuera una trabajadora social enviada para revisar si Marina está cumpliendo con su ingesta diaria de calorías. Marina no sabe mantener derecha la espalda sin tensión, y por regla general le dan envidia las buenas posturas.

La mujer señala el muro contrario al del blanfil y pregunta: ¿Por qué tienes a la doctora Vargas en la pared?

Marina respinga. Le toma un instante asimilar que esta mujer conoce a sus vecinos.

Su marido me encargó un retrato, contesta: Pero luego no lo quiso tener colgado en su casa. Me lo pagó y todo, pero me lo regresó.

Tal vez no le gustó.

Tal vez.

No quiero decir que esté feo.

Él me lo pidió así: al estilo de Joaquín Sorolla.

Siempre fueron un poco pretenciosos.

¿Quieres un café?

¿Tienes té?

De manzanilla.

Te lo acepto.

Agh, piensa Marina mientras pone a hervir el agua. No le gustó cómo dijo: Te lo acepto, como si fuera una concesión de su parte, ni cómo apagó la tele sin pedir permiso, ni que no le sorprendiera ni un ápice que Marina sea pintora, que le encarguen retratos. Linda, la primera vez que vio el retrato, dijo: ¡Increíble! Ya no tiene miedo, ahora Marina tiene coraje y va en aumento. Es con ella, o con la mujer, o con el hecho absurdo de que le tomó veinte años sentir el mínimo enojo contra su padre, dos minutos con esta desconocida. Todo al revés. ¿Por qué le abrió la puerta? ¿Por qué siempre acaba de tapete? Ahora hasta de los extraños. Voy a asegurarme de que se vaya en cuanto se haya bebido el té, piensa Marina, pero a la vez sintoniza una estación de jazz en la radio, como ambientando la casa para una velada larga. No espera a que hierva el agua, sólo a que humee. La vierte en dos tazas, añade dos de las bolsitas que deja Linda para cuando hacen clase, y vuelve a la sala. Se sienta junto a la mujer, le da una de las tazas.

¿Coleccionas almohadas?, pregunta la mujer: Están padres.

Gracias, dice Marina mirando para abajo, soplándole a su té. No es de manzanilla, dice al darse cuenta.

Mate cocido, lee la mujer en su bolsita. Chingón, opina: No lo he tomado desde que vivía en Neuquén.

Ah, dice Marina, y da sorbitos al suyo mientras le mira los pies a la mujer. Usa unos zapatos de tacón bajo y agujetas, con las puntas ligeramente alargadas, ligeramente brujiles. No deben ser de aquí. O quizá sí, pero de otra era. ¿Eres mexicana?, pregunta Marina.

A huevo, dice la mujer. Y luego: Me llamo Isabel, pero dime Chela.

Empiezan por Neuquén, siguen con la marihuana que trae Chela y que le ofrece a Marina en agradecimiento por albergarla mientras llegan sus amigos. Se la entrega con una caravana. Marina la acepta, alzando los hombros. Verdomiso, piensa: verde por compromiso. Pero, una vez fumado, el verdomiso le abre el esternón lo suficiente para lanzarla en un monólogo sobre todo lo que está mal con la carrera de diseño en particular, y con el arte al servicio del mercado en general; todo lo que estaba mal con Chihuahua, en Chihuahua, pobrecito de Chihuahua: adoctrinado por la frontera. Isabel escucha, de vez en cuando se expresa: De la que te salvaste, manita.

Marina no cree que sea para tanto, pero se lo agradece. Siente que no ha hablado así en años, con plena licencia creativa y divagante, con alguien que la escuche sin cobrarle y le dé la razón porque sí, porque sí. Tal vez esta mujer salida de la nada resulte más efectiva que las pastillas, que la terapia, que el padrenuestro. Marina se imagina pasándole el toque a don terapeuta: él lo recibe, le da el golpe, retiene el humo en los pulmones mientras dice: La mota, Marina, sabe lo que el cuerpo no sabe.

De vuelta al presente, Isabel está contándole de un romance que tuvo estos meses, con un sueco que no se venía nunca, por disciplina tántrica. A Marina no le parece mal como política, dice: Todos los hombres se vienen demasiado pronto.

Ya sé, dice Chela: Pero tampoco está bueno que se lo guarden, se frustran: todo el semen que Patrik no saca se le vuelve bilis.

Marina no sabe qué contestar a eso. Pregunta: ¿Quieres una cerveza?

Órale, dice Chela.

Van a la cocina, pero Chela se congela en cuanto entran. Es un instante. Se cubre la boca con la mano, mira la puerta de cancelería y se le llenan los ojos de lágrimas. Marina no entiende. ¿Qué?, le pregunta. Nada, dice Chela, y cambia de expresión tan rápido que Marina se convence de habérselo imaginado. Chela abre estanterías hasta encontrar los vasos. Pero a Marina ya no le molesta, esta familiaridad confianzuda con la que Chela se mueve por su casa. Ahora, se da cuenta, empieza a admirarla: ser alguien así, alguien que llega a donde sea y se instala.

Cuando regresan a la sala Chela abre la caguama, sirve los vasos inclinándolos para controlar la espuma, le entrega uno a Marina y hacen el brindis sordo, anticlimático de los vasos de plástico. Chela deja el suyo en el piso y se levanta. Alza los brazos, dice: Confesión. Se sienta otra vez.

¿Confesión?, dice Marina.

Tengo una confesión, dice Chela: Te dije una mentira. No soy una amiga. Yo vivía en la Casa Ácido. Teníamos una cocina igualita.

Marina alza las cejas, nada más. Puede sentir, después de unas horas juntas, cómo su cuerpo empieza a calcar los movimientos de Chela con naturalidad. O, ¿no se ve natural? Lo duda y escupe: ¿Qué?

Soy la mamá de Pina, y no me atreví a tocarle el timbre.

¿Por qué?

Porque hace tres años que no la veo.

¿O sea que están allí?, pregunta Marina bajando la voz, como si fueran a oírla del otro lado del pasillo distribuidor.

Tal vez sí.

¡Isabel! ¿Por qué no vas ahora?

Ahora estoy pacheca. Por favor dime Chela, Isabel era mi mamá.

¿Por qué no tocaste?

Chela se levanta, da unos pasos, se sienta en el piso, abre las piernas, son cortas y fuertes. Recarga los codos en el triángulo que se forma entre sus muslos, baja los antebrazos, en esfinge, aprieta contra el suelo las palmas abiertas, los diez dedos separados: entre ellos se alzan los estambres del tapete, los acaricia. No sé, dice: No me atreví.

Marina quiere interrogarla. ¿Le da miedo Beto? ¿Tiene él la custodia? ¿Es ilegal que ella esté aquí? Pero prefiere alzar las cejas nada más. Preferiría seguir hablando de Chihuahua. Chela se quitó los zapatos hace rato y ahora Marina repara en sus pies huesudos, quizá la única parte imperfecta de su anatomía. Igual quisiera verlos sin calcetines. Ver si son del mismo moreno que sus brazos, ver si se pinta o no las uñas.

¿Qué son esas cajitas?, pregunta Chela.

Focos.

¿Por qué hay tantos?

Hoy los cambié todos.

¿Por?

Es una larga historia.

Chela no investiga más. Se toma cada dedo gordo del pie con una mano y se deja caer hacia el suelo: con las piernas igual de abiertas que antes, ahora tiene todo el torso sobre el tapete. Gira la cabeza y se recarga en una mejilla. ¿Se irá a quedar dormida? Marina mira las cajas desperdigadas en el piso, mira el blanfil del muro y recuerda sus buenas intenciones. Mira la hora en su teléfono; ya no llueve y piensa en decirle a su invitada que es tarde, que necesita que se vaya porque, no está ella para saberlo, justamente mañana Marina va a empezar su nueva vida, una rutina sana, una vida dedicada a la salud y a la pintura, con la pintura como eje, una vida donde todo esté al servicio de la pintura, y tendrá que levantarse temprano. Pero tampoco quiere que se vaya. Ahora que tiene el celular en las manos sabe que, en cuanto Chela se vaya, llamará a Chihuahua, no quiere irse sola a la cama. Mejor que no se vaya Chela, le toca a él llamar. Dice: Eres muy flexible, ¿haces yoga?

Hago pilates, doy clases, al aire libre.

Marina se queda pensando. Luego pregunta: ¿Sabes qué es la disputa bizantina entre iconódulos e iconoclastas?

Chela, la mejilla aún sobre el tapete, para la trompita, como si lo estuviera sopesando. Pero al final dice: ¿Entre qué y quién?

Los iconódulos, explica Marina, querían que hubiera imágenes en las iglesias, pero los iconoclastas no. Fue una megabronca; al final ganaron los iconódulos, claro, por eso hay tanto crucifijo por todos lados. El punto es que el otro día vi un video de pilates y pensé algo. Gracias a que ganaron los iconódulos, cuando la maestra de pilates pide poner manos de súplica, le entendemos perfecto.

Yo no les pido eso a mis alumnos.

Ah.

Pero está interesante. ¿Dónde aprendiste eso?

En la universidad, llevo historia del arte, es la única materia que me gusta.

Chela levanta el torso a cuarenta y cinco grados, clava los codos en el tapete y apoya el mentón en las manos. Se cubre la cara con los dedos y dice: Yo nunca acabé la prepa. De inmediato, abre la boca grande y desliza lentamente los dedos por su cara, ejerciendo presión para jalarse hacia abajo los cachetes como en *El grito* de Munch. Marina se ríe.

Chela cierra la boca y, adoptando una expresión facial infantil —el mentón aún en las manos, los codos aún anclados al tapete—, pide: Cuéntale más cosas padres a esta iletrada.

El caso Simeón, ¿sabes quién es?

Ni idea.

Era un monje de Siria, en el siglo v, que comía una vez al día y pasaba veinte horas de pie, haciendo genuflexiones encima de una columna de piedra de dieciocho metros de alto.

¿Como para qué?, pregunta Chela incorporándose.

Según mi maestro, Simeón es el verdadero padre del performance.

Tengo una amiga que hace performance. Es famosísima porque después del 11 de septiembre se pasó varios días en una parada del metro de Nueva York, susurrando a través de un altavoz: *Please do not despair.*

Estoy tomando clases de inglés, ¿te dije?

Chela se levanta. Enreda una rodilla sobre otra. Pone manos de súplica. Hace tres sentadillas sobre un pie. Marina se ríe. Chela avanza en esta postura, saltando de cojito, hasta dejarse caer en el sofá. Dice: I'm hungry.

A Marina el caso Simeón la hace sentir que sus problemas con la comida, esa tendencia enferma a desperdiciarla, no son para tanto. Pero eso no se lo dice a Chela, ni lo que piensa ahora: Y yo, ¿tengo hambre? Ni idea. ¿Qué comí hoy? Avena-yakult-veinticinco-palomitas-cerveza.

Chela levanta el cuenco de las palomitas. Ella misma se las comió hace horas, cuando el mate cocido. Saca los huesitos que quedan y los roe uno a uno como un ratón de mundo; siempre con la espalda perfectamente erguida, los va juntando en la palma de su otra mano.

Marina pregunta: ¿Tienes más hijos?

Chela dice que no y suelta los huesitos (clin clin clin, hacen cascada dentro del cuenco). Pregunta: ¿Tú ya cenaste?

Marina dice: No te pareces a Pina.

Chela resopla.

Marina insiste: Pina parece asiática.

Es por Beto, ¿no es obvio?

Sí, los dos parecen asiáticos, ¿por qué?

La mamá de Beto era japonesa. Por eso en el fondo él es tan cuadrado. ¿Podemos cenar algo, por favor, por favor, por favor? Yo te lo preparo, soy buenísima cocinera.

No tengo nada.

¿Cómo va a ser?

Van en calcetines a la cocina. Chela examina la alacena y el refri y un minuto después anuncia que va a hacer unas crepas. Tú siéntate, dice, y Marina se sienta en el banco alto donde suele apoltronarse mientras Chihuahua prepara conflictos. Prepara comida que termina siendo un conflicto cuando Marina no logra comérsela.

Marina se instala frente a una película como le gustan: sin sonido. Durante un rato mira a Isabel trenzarse el pelo, frotarse las manos y apropiarse del espacio. Chela saca huevos, harina, leche, toda esa materia prima que Marina compra pero luego deja intacta, como quien colecciona perfumes por la botella, o discos por la portada. De pronto, pregunta algo que ha estado queriendo saber: ¿Chela conoce a Linda?

Claro, dice Chela: Ella y su marido eran amigos del mío, de la orquesta.

Esto sorprende a Marina: ¿El tuyo también es músico?

Chela frunce el ceño: No, Beto es burócrata.

Marina no lo dice, pero eso es exactamente lo que ella se imaginaba. Tampoco dice que lo encuentra apetecible, con ese atractivo particular de los hombres tristes.

Chela sigue: Burócrata cultural, son toda una estirpe en este país; según él tocaba la guitarra en sus ratos libres, pero el corazón lo tiene de banquero. Es buen papá, eso se lo concedo. Pero como marido era un tirano, no violento sino al revés, todo pasivo. Soy la única mujer que conozco que se divorció por crisis de aburrimiento. En realidad nunca nos hemos divorciado, no que yo sepa, ¿tú sabes algo?

Marina se ríe. ¿Por qué no le tocaste el timbre a Linda?, pregunta.

Isabel la mira como si no la hubiera oído, lo cual es imposible. Marina hace una nota mental de intentar eso más adelante: cuando alguien le diga algo que no quiere oír, simplemente mirarlo fijo, como aún esperando a que hable.

Isabel pasa harina por un tamiz creando una colina en una ensaladera y, con el dedo, le sume un cráter en la cima. Rompe el huevo sobre el volcancillo y encima echa azúcar. Bate con un tenedor. Pone mantequilla a derretirse en el microondas al tiempo que declara eso como "trampa". Sin pena ni gloria, de un solo gesto, saca las zanahorias podridas del refri y las tira a la basura. Bate y bate y luego tapa con un trapo el cuenco de la mezcla: Hay que dejarla reposar unos minutos, dice. Isabel rellena los vasos de plástico y se para mirando por la puerta de cancelería que da al rotoplás. Marina sigue en su banquito.

Me dio cosa, dice Isabel: Creo que tal vez Linda me odia. Víctor no. Pero ella es así, muy definitiva con sus cosas. Y ella puede con cuatro hijos, y yo no pude con una. Creo que ni me abriría la puerta.

Isabel mira a Marina a través del reflejo de la puerta, levanta su cerveza y dice: Gracias por abrirme tú, nena. Luego se gira y enciende la estufa.

Ahora que Marina lo piensa, Pina también es hermosa, de una belleza onírica, con esos ojos de Buda, a la vez redondos y rasgados, y esa nariz ominosa, angosta, como urgida de expandirse, como anunciando una vida de asfixias. No debería pensar eso, claro, porque otra de las niñas de la privada sí se ahogó. Por lo general, a Marina no le gusta ver a Pina, porque llega de sorpresa y a ella no le pagan más por recibirla. Además, su presencia altera el orden de las cosas de modo que Ana y Theo, que por lo general se ignoran en paz, de pronto comparten el único, fiebroso interés por denostarse mutuamente frente a su invitada. Cuando la contrató, Linda le dijo que era la primera niñera que tenían en la vida. ¡Con cuatro hijos! Marina no entiende cómo Linda los cuidaba a todos y además tocaba la flauta. O el chelo. O lo que sea que tocara la mujer orquesta. De pronto el pedestal en que la ha puesto le parece tangible y a la vez ajeno, obsoleto.

¿Linda no le abriría a Chela? Marina piensa que sí, luego que no, no sabe qué pensar. ¿Se enojará Linda de saber que ella sí le abrió? Marina descubre cierto placer en la idea de contrariar a la mujer con la que se compara obsesivamente. En la próxima clase le contará que se emborrachó con su vieja amiga Chela, a ver cómo reacciona.

Isabel dice: La primera siempre queda mala, mientras traza un círculo perfecto de pasta blancuzca en el sartén.

¿Dónde aprendiste a hacer crepas?

En un hotel en Belice. Qué loca vida, ¿no? Eso deben decir aquí de mí, ¿no?, perdida, irresponsable, poca madre.

Marina quiere decirle la verdad, que jamás le han hablado de ella, pero no sabe cómo hacerlo sonar menos ofensivo. Se para y abre la puerta del patio, la está mareando el olor a mantequilla. Isabel expande la mezcla con una espátula de silicona que Marina compró en una oferta y jamás ha utilizado. Marina observa tratando de no mostrar fascinación. Abraza su vaso con dos manos, como a un chocolate caliente, y duda de la veracidad de la escena en su cocina. ¿Esta mujer se puede ser: estúpidamente hermosa, amante de los hombres y de la cocina? Mujer que come y coge. Mujer total, se dice Marina. Isabel, como si intuyera una porción de las cosas que están pasando por la cabeza de Marina, dice: Este año cumplo cuarenta años.

Sin dar con lo que esto significa (¿es mucho, eso?), Marina ejerce la matemática lenta del desentrenado. Esta mujer tan más mujer que ella está, en edad, más cerca de su mamá que de ella.

¿Pina cuántos tiene?

Cumple doce mañana, dice Chela. Por eso...

No termina la frase. Marina no pregunta. Sobre la superficie de la crepa erupcionan volcanes diminutos. Isabel le da la vuelta. Hay algo planetario en el lado que ahora mira hacia arriba: un patrón de discos concéntricos que varía de color allí donde algo se tardó un milisegundo más o menos en cocinarse. Marina quiere cambiar el aire, no quiere un drama ajeno. Opina sobre la crepa: Se parece a los anillos de crecimiento en un árbol.

Chela dice: No la he visto desde que tenía nueve, y saca la crepa a un plato. El lado que ahora mira hacia arriba es blancuzco, como un bebé soso, sin anillos de crecimiento ni nada que hable del universo, excepto unos cráteres perturbadores donde estallaron los volcanes. Isabel empieza una nueva crepa.

Marina, tontamente, pregunta: ¿A Pina?

Isabel dice que sí con la cabeza, mientras vigila el sartén. Cada vez que la orilla de la pasta se pone sólida, Isabel la empuja con la espátula, de modo que la parte líquida entra de remplazo, hasta que se pone sólida también. Esta vigilancia neurótica no se la aplicó a las crepas pasadas.

¿Sabes por qué le puse así?, dice Isabel: Por Pina Bausch. ¿Sabes quién es Pina Bausch? Es una coreógrafa importantísima, es una genia. Pero la energía de la frase se apaga casi de inmediato: Chela está concentrada en empujar la espátula, como un niño jugando videojuegos; se pone sólida una orilla y sus ojos la detectan al instante, sin parpadear, de modo que las lágrimas que le salen parecen no tener ninguna relación con ella, con lo que está diciendo. Marina fue una vez a un balneario en el puerto de Veracruz donde había una alberca de olas que se encendía cada diez minutos y de las paredes salían chorros de agua: eso le recuerda la cara de Isabel. Hace girar la crepa y parece estropeada: sus anillos difusos, meneados demasiado pronto por la espátula.

Yo hace año y medio que no veo a mi papá, dice Marina.

No sabe por qué lo dice, tal vez para devolverle el gesto a Isabel, o tal vez porque le gustaría poder hablar como ella: llorar sin aspavientos, decir riendo y llorando: Mi papá podía hacerte un club sándwich perfecto, hacerte burbujas de jabón gigantes y luego beber de más, montarse en un toro enojado del que sólo bajaba a golpes, los que él mismo impartía, aunque nunca sobre mí. No todas las noches, pero sí como el club sándwich: de vez en cuando. Y sí rompió algo, alguna vez, dientes a mi mamá, una costilla a mi hermano. Y decir también: Pero yo, como una imbécil, no lograba enojarme con él. Pero Marina no dice nada, excepto: ¿Bailarina de ballet?

De contemporáneo. ¿Sabes qué es?

Más o menos. Tú eres bailarina también, ¿verdad?

Ya no.

¿Un día dijiste: no más?

No, pero no hay contemporáneo en Mazunte.

2 0 0 2

Durante mi reposo del 82, Noelia adoptó la costumbre de llamarme por teléfono cuando llegaba al trabajo. Como no teníamos nada que contarnos a esa hora, porque acabábamos de desayunar juntos, me hacía un reporte más o menos pormenorizado del tránsito que se había encontrado en el trayecto de la casa al hospital. Ponía una voz que ella imaginaba de comentador de deportes pero que más bien sonaba a niña acusona. ¡Lo rebasó por la izquierda!, decía. O: Había un atropellado afuera de una iglesia, ¡ya no hay valores! Cuando, veinte años después, ella empezó con las quimios, yo, que nunca he manejado, iba a comprarle cosas en pesero y regresaba a darle un reporte más bien chafa y casi por completo inventado del tránsito en mi trayecto. Finalmente, ella decretó que yo no tenía la sensibilidad del automovilista, y sugirió que mejor le contara de la gente que había visto en el camión. Fue mucho más divertido.

En el 82, tras el recuento del tráfico, colgábamos y yo me ponía a dibujar en la cama. El manual de instrucciones de reposo que me habían dado en el hospital era demasiado aburrido para leerlo, así que yo le pregunté a mi doctora de cabecera, o sea mi mujer, y ella me tradujo: Prohibido trabajar. Entonces decidí pasar el reposo dibujando, algo que me encantaba de niño y que llevaba más o menos toda mi vida adulta posponiendo. Pronto descubrí que, cada que agarraba el lápiz, dibujaba casas. Planeaba casas. En algún momento de esos meses, encerrado en la casa de mi infancia, adolescencia y vida adulta, que estaba más o menos aquí mismo donde ahora escribo, tuve, mientras dibujaba otras mil casas posibles, una revelación tardía. Yo debería haber sido arquitecto. Los arquitectos tienen la sensibilidad del artista, una pizca de lucidez filosófica, una sana dosis de sentido oportunista y hasta cierto rigor científico, por el lado estructural básico de prever que no se les caiga la casa encima. Pero además de todo eso —y en un contraste radical con los antropólogos—, lo que hacen los arquitectos sí sirve para algo.

∞∞∞∞

El umami empieza en la boca. Empieza en el centro de la lengua, se activa la salivación. Se despiertan las muelas, quieren morder, piden movimiento. No muy distinto, en verdad, aunque de proporción más humilde, al movimiento de las caderas durante el sexo: uno en ese momento sólo sabe obedecer al cuerpo, el cuerpo sabe lo que toca hacer. Morder es un placer, y el umami es la cualidad de lo mordible. Mordible no es una palabra, pero masticable no me gusta. Masticable es lo que dicen de la vitamina C en pastilla. Mordible me parece más ad hoc, suena antojadizo, pecaminoso o, como diría Agatha Christie: *delish*.

En los artículos de divulgación, para explicar el umami dicen *rich*. Me gusta, *rich,* pero se traduce mal, porque en inglés *rich* no significa rico nada más, sino también complejo, contundente, satisfactorio.

Si contamos en orden, tal vez el umami no empieza en la boca sino en la vista, en el antojo.

Extracto de una carta que le escribí a Noelia desde Madrid, el 21 de julio de 1983:

Joder, macha, ¡tengo un amigo! Es un filósofo que el otro día iba saliendo de la biblioteca al mismo tiempo que yo, y empezó a caminar para el mismo lado que yo, y seguimos así por veinte minutos, hasta que llegamos a la misma cuadra, ambos sospechando que el otro lo seguía. Luego nos dio mucha risa, por supuesto: resulta que somos vecinos. Se llama Juan, por supuesto, y está igual de solo que yo porque acaba de volver de un largo exilio en Guanajuato. Para mí que es más mexicano que nada. Últimamente bebemos una caña, o sea varias, cuando el calor arrecia. Ayer le pregunté dónde me recomendaba ir para comprarme un traje de baño, porque estoy pensando aprovechar las horas muertas (¡tantas horas sin ti!) para aprender a nadar. Estaría muy bien, ¿no? Si aprendo, cuando regrese nos vamos a Acapulco. Y si no aprendo, también, que este verano sin mar me tiene KO. El caso, mi Noe, es que a lo del traje de baño, Juan me contestó esto: "En Madrid se ha descubierto la prueba ontológica máxima y reza así: Si existe, está en el Corte Inglés".

Algo que siempre agradecí de mi mujer es que nunca pretendió llenar la casa, sobre todo el estudio, con la parafernalia del cardiólogo prototipo. En una ampliación egocéntria de los alcances del verbo *curar,* los doctores de este país reproducen ad infinítum la misma exposición permanente: pisapapeles de México. Los pisapapeles son la forma elegante de pasar lista en los congresos, y se los encuentra en todo tipo de formato. Pisapapeles de vidrio, generalmente piramidales. Pisapapeles de cobre, con motivos del Bajío. Pisapapeles de plástico duro en forma de píldora. Pisapapeles de hule espuma anatómicamente gráficos: el corazón y sus recovecos, con el nombre de alguna medicina inscrito en fosforescente sobre el alveolo. Pisapapeles de cantera, de latón, de aluminio. Pisapapeles que ya no pisan nada, porque ya hasta los médicos usan computadoras. Y todo alrededor de las piezas expuestas encontramos las cédulas explicativas en forma de diplomas, fotos de los perros y los hijos, odas a los Beatles, banderas de México, obsequios de pacientes que, vueltos a la vida después de haber visto el túnel de luz, se ponían magnánimos: quijotes de metal, quetzalcóatl de yeso pintado. A Noelia una vez un paciente resucitado le obsequió un dije de oro con forma de corazón. Lo mandamos fundir, Noelia se hizo unos aretes. Tampoco es que nosotros estuviéramos del todo libres de pecado: amasamos una buena colección de figuritas supersticiosas, pero eso fue durante el Año de la Reproducción.

Estoy pensando en esto, en la estética del consultorio médico, porque llevo toda la semana viendo doctores. ¿Qué puedo decir? Ir al hospital ya no es lo que era. Para empezar, ya no son mis amigos, sino sus hijos putativos, los que me atienden. Ellos me respetan porque saben quién era mi mujer, pero yo no puedo respetarlos porque me da la impresión de que no están en edad ni de rasurarse. Ya no es como antes porque antes un día en el hospital significaba un día fuera del instituto: un día libre. Ya no es como antes porque antes siempre salía de allí con el ego inflado (los médicos solían compararme con la fauna y flora más destacadas: ¡un roble!, ¡un toro!) y, en cambio, ahora salgo ofuscado, temiendo que me timen, como sale uno de una charla con un plomero. Nada de fauna y flora: me anuncian mecánicamente que tengo tal o cual cañería tapada.

Ya no es como antes porque antes, al final de mis consultas subía a cardiología y me sentaba en la salita de espera de mi mujer, a incomodarla y maravillarme de verla en esa otra personalidad, esa otra persona que era Noelia en su trabajo: tan mía pero también, se le notaba allí más que en cualquier otro lado, allí en bata, tan innegablemente sólo suya, tan fuera de mí, tan otra cosa aparte de lo que éramos juntos. Diríase en fauna y flora: tan autótrofa.

ooooo

Tienen glutamato —es decir que presentan sabor umami— las anchoas, los espárragos y el queso parmesano. También saben a umami el pollo y las carnes, la salsa inglesa, las algas kombu, los hongos y, por dentro, nuestros anillos de matrimonio. El mío, que tengo en el dedo, y el de Noelia, que tengo amarrado al cuello con un hilo de bordar que Linda me sacó de su costurero el otro día en La Taza, cuando me dio la idea de usarlo como lo usa ella: de collar. Ambos anillos, de oro, porque en el fondo siempre fuimos tradicionalotes, dicen por dentro: *Umami, 5-5-1974.*

Nos casamos en Morelia, con mi familia diminuta y toda la primiza de los Vargas. Nos regalaron vajillas, floreros, un pastor alemán que le delegamos al primer sobrino que dijo Yo. Nos tomaron muchas fotos que tenemos en una caja, son diapositivas a color. Cuando cumplimos diez o tal vez veinte años de casados, las proyectamos en una pared mientras todos nuestros conocidos bebían martinis por la casa.

Noelia, en la boda, tenía flores blancas en el pelo pero usó un vestido rosa, lo cual desde luego escandalizó a la primiza. Yo, para compensar, usé un traje blanco. Los pantalones eran de campana. Tenía un bigote donde podría haber anidado un pájaro. Qué mal gusto y qué poca vergüenza teníamos en los setenta. Diría mi mujer: qué huevos más azules.

Otra opción, más rebuscada, que consideramos en su momento para nuestros anillos fue que dijeran por dentro *Bonito* y la fecha. Porque en las escamas del pescado llamado bonito se identificó por primera vez el glutamato monosódico, que es la sal de la que está hecho el umami. Bonito, además, hubiera cifrado lo obvio de nuestra relación: la bonitud, la bonitura. Pero esa opción la descartamos por rebuscada.

∞∞∞

A Noelia le gustaba el color rosa. Lo elegía para todo lo que tenía que ver con las nenas, pero mucho antes que las nenas también ella lo usaba. Tenía zapatos y faldas y hasta un saco, de un rosa terrible, de un rosa Barbie que las humanitas no soportaban. Ellas habían superado la etapa. Ellas, si usaban rosa, tenía que ser rosa mexicano. Las humanitas, por lo menos en primavera, se visten en estricta paleta barraganesca: amarillo, blanco, rosa mexicano. El resto del año usan ropas oscuras, de una tela brillosa que termina por opacarlas. A Noelia, en cambio, nada nunca le quitaba el brillo. Si esto fuera un artículo con pretensiones académicas como ésos en los que yo fui un experto, diríamos: Nada mermaba su luminiscencia intrínseca.

∞∞∞

Mi primer artículo sobre el umami salió en septiembre de 1985 y fue, desde luego, cabalmente ignorado. No sólo por el temblor, sino también porque nadie en este mundo lee la revista del instituto, de hecho estoy convencido de que ni los editores la leen, a juzgar por el porcentaje de dedazos. Se tardan años en publicarte algo, pero a la hora de la hora no está chira su presentación.

¿Amor? Se dice chida, ahora, con *d*.

¿Tú cómo sabes?

Hay harto jovencito en el más acá, Alfonso, si vieras.

¿Suicidados?

Me parece que la mayoría se mataron en carretera.

ooooo

En el mundo académico, como no existe el sano sistema de las propinas, tenemos un sustituto que más o menos hace las veces de paliativo. Me refiero, por supuesto, a las citas. Se asume, más o menos con razón, que si hiciste un trabajo bien hecho alguien te citará. Yo, francamente, preferiría que me dieran propinas. Pero una de las mejores cosas que me pasaron en la vida fue gracias a una cita. Me citó el hijo del doctor Kikunae: el primer hombre que aisló el glutamato monosódico, a principios de siglo, en la universidad imperial de Tokio. O sea: el hombre que descubrió y nombró el umami. Pues su hijo me citó un día no en una publicación antropológica, sino en un artículo biográfico que escribió para reverenciar a su padre y demostrar que era famoso hasta en el Tercer Mundo, allá por México. El caso es que a raíz de esa cita establecimos una correspondencia tan sólida que sólo pudo acabar con ella la invención del correo electrónico. En una de ésas, Kikunae (porque se llamaba casi igual que su padre, y aunque me explicó en varias misivas cómo chingaos funcionan los nombres y apellidos en Japón, yo nunca entendí nada y lo llamé siempre Kikunae) me mandó este recorte:

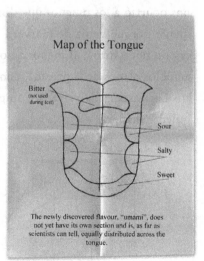

Map of the Tongue

Bitter (not used during test)

Sour

Salty

Sweet

The newly discovered flavour, "umami", does not yet have its own section and is, as far as scientists can tell, equally distributed across the tongue.

Cuando se medio cayó la casa, en 1985, y hubo que terminar de tirarla y hubo que vivir un año en Morelia y hubo que idear un nuevo plan para nuestro "proyecto de vida", a mí se me ocurrió sacar del cajón esos planos que había dibujado en mi reposo, y convencer a mi mujer de que nos lanzáramos a la construcción de la privada. Así fue como descubrimos que las grandes cantidades de analgésicos que había estado consumiendo durante el reposo me habían hecho sobreestimar mis capacidades artísticas. Pero Noelia, que se pasó todo 1986 en una clínica privada que montamos en la casa de su prima, recibiendo pacientes que siempre eran, por un lado u otro, parientes suyos, me dijo: Haz lo que quieras, amor, pero apúrate para que nos regresemos al D.F.

Te dije: Chido.

Exacto.

Ahora que si me muero y alguien encuentra esto, también quiero dejar asentado que Harvard ya desmintió públicamente el mapita de la lengua, algo que, en verdad, no tomaba más que dos dedos de frente y una gota de limón en la punta de la lengua, supuestamente el área que sólo distingue lo dulce, pero que ni se nos ocurrió a los muchos que dimos el mapa por cierto, básicamente porque venía de Harvard. Y, bueno, eran patrañas. Pero era un buen mapa; al menos a nosotros nos funcionó para basar en él los planos de la privada, con alguna licencia poética.

Las casas en la privada Campanario se distribuyen de la siguiente manera:

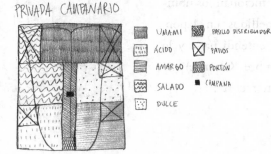

PRIVADA CAMPANARIO

UMAMI · PASILLO DISTRIBUIDOR
ÁCIDO · PATIOS
AMARGO · PORTÓN
SALADO · CAMPANA
DULCE

Y, hoy por hoy, vivimos en la privada:

Casa Amargo: Marina. Una joven pintora que no come bien ni pinta mucho, pero inventa colores. Por ejemplo: rosanto es el color de la flor del amaranto; ése lo hizo para mí. Agurca es el color del agua puerca; ése lo hizo para quejarse de que las coladeras del pasillo no drenan bien. Lucianguis; ése es mi favorito: es la luz de colores que hay debajo de los toldos de un tianguis. En fin, me dice uno nuevo cada que me la encuentro en el pasillo.

Casa Ácido: Pina y su papá, Beto. Su mamá, Chela, se fue en el 2000 y dejó una carta que Beto escondió y Pina se pasa la vida buscando. Eso me lo contó Agatha Christie.

Casa Salado: Linda y Víctor. Músicos de la Orquesta Sinfónica Nacional y dueños de la escuela gracias a la cual mi vida tiene una perenne, insoportable musiquita de flauta dulce de fondo. Sus hijos: Ana AKA Agatha Christie, Theo y Olmo. Y Luz, de otra manera.

Casa Dulce: Academia de Música Pérez Walker. PW, dice el miniletrero junto al timbre. Nada más, porque aquí no hay uso de suelo para andar poniendo escuelitas. De todos modos, yo dejo que Linda y Víctor den sus clases, porque peores cosas se han hecho que tratar de darle al mundo una embarradita de solfeo. Y porque si no con qué me pagarían las rentas.

Casa Umami: Alfonso Semitiel, AKA el Guapo, y "las nenas". Las nenas son dos muñecas renacidas que pertenecieron a su bellísima mujer, Noelia Vargas Vargas, que en paz descanse, y que ahora él viste y peina. Una de las dos respira.

∞∞∞

El otro día en La Taza, de la nada, Linda me dijo por qué no está tocando el chelo. Dice que no puede confiar en sus brazos. Dice que, a veces, está en pleno acorde y los brazos se le vuelven de gelatina.

¿Tú la cargaste?, le pregunté.

Me dijo que sí y yo entendí. O creo que entendí. Porque a mí también, algunas noches, me despiertan mis brazos. A mí no se me ponen de gelatina sino que se me engarrotan, por el recuerdo del peso de Noelia cuando la cargué muerta. La cargué muchas veces antes, sobre todo en esos últimos meses, pero nunca me había pesado tanto. Y no era sólo mi tristeza, estoy seguro: pesaba realmente, físicamente, mucho más.

¿Por qué?, me preguntó Linda.

¿Por qué pesa más un muerto que un vivo?

Ajá.

Supongo que tiene que ver con la falta de esfuerzo muscular, le dije: Cuando cargas a un vivo, por más débil que esté, todavía se sostiene, o al menos tiene la intención.

Tal vez morirse es eso, ¿no?

¿Pesar más?

Ese momento en que uno deja de cargar consigo mismo.

∞∞∞

Lo que me gusta de escribir es ver las letras llenando la hoja falsa en la pantalla. Algo tan aparentemente simple, tan perfectamente alquímico: negro sobre blanco. Inventar mundos y levantarlos. Falta una coma, la pones; ahora no falta nada. Lo que este texto necesita está aquí.

Y blanco sobre negro, también. Los silencios, los espacios, diría mi amigo Juan el madrileño: lo inefable. Todo lo que le falta a este texto, sus carencias y omisiones: están aquí.

No sé si es la viudez o el sabático, pero escribiendo esto he empezado a vislumbrar la fragilidad del aparato de referencias con el que antes escribí tanto. La etiqueta académica que rigió mi escritura durante años hoy me parece tan máscara como esas uñas con piedritas que se ponen ahora las muchachas. Las citas bibliográficas fueron inventadas como antifaces para hombres incapaces de sostener una conversación de viva voz, ya no se diga generar una idea propia. Hombres sosos como pan sin sal, inabordables, en el fondo tan animales como todos, pero con su capita de pretensión intelectual recubriéndolos, empeorándolos. En otras palabra, hombres como yo.

∞∞∞

Me viene a la cabeza, con precisión fotográfica, una tarde en Madrid de hace veinte años, cuando le pregunté a Juan: ¿Qué quieren decir exactamente cuando dicen castizo?

Esto era algo que yo había estado preguntándole al madrileño que se dejara, sin respuesta satisfactoria. Pero Juan, que era un chingón y que probablemente ya está muerto, lo pensó tres segundos e improvisó al hilo una definición perfecta: "Castizo... Austeridad emocional con giros de chulería".

¡Olé!

∞∞∞

Noelia era competitiva como el carajo. La horrorizaba la idea de perderse un congreso, una conferencia, una oportunidad de ser la primera en algo. Cuando recibía honores se ponía visionaria, declaraba que ser la primera mujer en algo abría puertas a las siguientes. Sabía que las mujeres llevan las de perder pero, sin dejar de comentar este punto en voz alta cada que podía, lo tomaba más como un reto que como un *handicap*. Era ella, por cierto, la que usaba la palabra *handicap* en cuestiones de género. Una vez la oí decirle a una residente que la llamó por teléfono llorando, para quejarse de un doctor que le había puesto una mano encima, que las mujeres de la medicina mexicana sí podían llegar alto, pero que tenían que escalar inspirándose en los corredores de los Juegos Paralímpicos.

¿Sabes cómo corren los handicapeaditos?, la oí preguntar, todavía sonando muy inspiradora.

No, debe de haber dicho la alumna.

En chinga y viendo para abajo, ilustró la doctora Vargas.

ooooo

Después del temblor, en la temporada que pasamos en Morelia, Noelia empezó a arrepentirse de no haber tenido hijos. Era el escalofrío del sobreviviente que traíamos todos, combinado con el exceso de familia. Se le juntaron el infarto del hermano, la dejada del cigarro y el empacho de primos, tías, lazos. No podía dormir. Prendía la luz a las tres de la mañana y me preguntaba muy seria: ¿No nos estaremos perdiendo de algo?

Yo le decía que sí, que irremediablemente uno se pierde de algo, que si hubiéramos tenido hijos también nos estaríamos perdiendo de algo, de otras cosas. Pero ella sólo había oído hasta el "sí".

Y así fue como, de pronto, la década invertida en defender nuestra decisión frente a familiares y amigos amenazó con duplicarse: ahora tendríamos un hijo y pasaríamos muchos años defendiendo la decisión de ser unos padres viejos. Yo tenía cuarenta y tantos. Le dije: Si tú dices rana, yo salto.

Y lo intentamos, mucho, pero no con doctores y agujas y vasitos. Decidimos —o Noelia decidió, en un típico achaque en contra de su propio gremio (ay, ¡esa gente que critica a su propio gremio!)— que no quería tener nada que ver con métodos asistidos. Si teníamos un hijo tendría que ser el destino. Así que simplemente dejó de tomar pastillas y nos pusimos a coger en una carrera imaginaria contra el climaterio.

El Año de la Reproducción, que fue como en adelante nos referimos a ese periodo de vuelta al D. F. y que en realidad duró como tres años, fue también la época en que construimos la privada. Estábamos invirtiendo para que a nuestra descendencia imaginaria nunca le hiciera falta nada. Fueron tiempos agotadores, supersticiosos y esperanzados, aunque nunca demasiado. La verdad es que ambos nos mostrábamos escépticos frente a los albañiles y frente al embarazo. Eso nos unió más que nunca: sospechábamos de todo y de todos, sobre todo del par de médicos que consultamos, pero también del maestro de obras.

Los sábados pagábamos la raya y cuando se iban los trabajadores hacíamos el amor, por disciplina. Además de los sábados y la siesta ocasional, teníamos un calendario de ovulaciones pegado en la pared del baño, del que yo nunca entendí mucho, pero que en términos prácticos funcionaba así: Noelia me indicaba: ¡Ahora!, y yo saltaba.

En la casa teníamos figuras de barro, imitaciones de piezas prehispánicas, esas cosas de la clase mexicana educada. Excepto que a mí, por trabajar en el instituto, me salían gratis gracias a mi paquete anual de vales que, por lo demás, no había en qué gastarse. Pero en el Año de la Reproducción nos volvimos unos coleccionistas más puntuales, dispusimos sobre un baúl en la sala una colección creciente de figuritas de diosas de la fertilidad de distintas culturas, incluidas varias hechas con el amaranto que yo ya había empezado a estudiar y que tenía plantado en una esquina del terreno en obra negra. Además, los amigos nos cedían sus figuritas míticas. Aunque muy probablemente muchos, Noelia y yo lo sospechábamos, apagaban las velas que nos prendían en cuanto nos íbamos de sus casas.

Un día del Año de la Reproducción llegué a la casa y me encontré con que todas las estatuillas tenían la cabecita cubierta con un paño. Cuando interrogué a Noelia sobre el tema, ella me contestó con manzanas: *a)* llevan así tres días, cómo no lo notaste antes y *b)* es un plan que ideé para despertarlos de porrazo.

¿Cómo así?, pregunté.

Les cubro la cabeza con el paño, ¿OK?, los dejo así unos días y el domingo a mediodía, cuando está más fuerte el sol, les quito el paño y ¡zas!

¿Zas?

Se despiertan de golpe.

¿Y para qué quieres que se despierten de golpe?

Para que se pongan las pilas, Alfonso, para que nos hagan el milagrito.

El milagrito, por supuesto, era el hijo que nunca tuvimos. El hijo por el que nunca pedimos. O el hijo por el que pedimos pero nunca con suficiente fe para que los dioses se pusieran las pilas. Nunca funcionó. En el 91 nacieron las bebés de Chela y Linda, nuestras inquilinas, con las que Noelia según para entrenarse había estado pasando todos sus ratos libres. Tenían diez años menos que ella. Y, al primer mes de estar asistiéndolas en su nueva vida de madres, Noelia decretó que eso era una chinga y decidió amarrarse las trompas, porque no fuera a ser la de malas.

En realidad no fue tan tan rápido, lo lloramos lo que había que llorarlo. Las estatuillas se quedaron tapadas. Yo iba a cumplir cincuenta años. Decidimos que seríamos los abuelos de las vecinas, si se dejaban, y claudicamos.

∞∞∞∞

Cuando a algo le faltaba chiste, no era sabroso, no tenía carnita, Noelia y yo decretábamos: Umami Sin. Sonaba japonés.

∞∞∞∞

Dar de comer es otra de las cosas que se quedan atoradas en la hijitud. Así justificaba Noelia sus subidas y bajadas de peso, que empezaron cuando dejó de fumar. No tengo a quién darle de comer más que a mí misma. Y yo, a veces: ¿Y yo estoy pintado o qué? Tú no estás en crecimiento, Alfonso, y tú no cuentas. Por flaco, para empezar, y porque tú me haces de comer a mí.

Una vez fui menos flaco, ese mismo año fatídico en Morelia. Yo, que siempre he sido un hueso paliducho, engordé seis kilos, estimo que por el montón de tías que nos alimentaban a la menor provocación. Noelia engordó catorce kilos y eso que estuvo más a dieta que nunca. Pero en Morelia un postre *light* es cuando sustituyen el azúcar por leche condensada.

Ahora creo que estoy engordando un poco. Deben ser las comidas corridas, y los tequilas a diario. Tal vez debería ir al súper, retomar mis hábitos, prepararme la sopita prometida. Antes hacía caldo de pollo cada domingo, y con eso varias sopas en la semana, más todo lo que fabricaba con el pollo desmenuzado: tortas, flautas, ensaladas. A veces fantaseo con invertir en un mecanismo de pila para que las nenas puedan comer. Y como sé que no existe tal cosa, a veces fantaseo con inventarlo. ¿Para qué me hice antropólogo cuando podría haber sido ingeniero, inventor, carpintero?

Ayer me llegó una invitación del instituto para un seminario con un título tan retórico y pomposo que me dieron ganas de gritar. La academia es el sitio donde la clase media se ensalza con palabras domingueras y se mantiene vivo el mito de que saber es poder. ¡Patrañas! Saber es debilitante. Saber infla el ego y desnutre el ingenio. Saber es usar menos y menos el cuerpo, vivir sentado. ¡Saber engorda! Qué bueno que no le estoy dirigiendo a nadie su tesis ahora mismo, porque ése sería el aforismo con el que destruiría sus teorías vacuas sobre el seudocereal sagrado en boga, seguramente la quinoa que, por cierto, aunque no les guste a los modernos, NO se comía en México. Vayan a rascar los tepalcates de fondos de olla, por dios santo, usen un poco el cerebro y otro poco más el microscopio, y no inventen mamadas.

Saber encabrona.

⸎

Lista al vuelo de las cosas que Noelia compraba en el súper sin detenerse a pensar:

- Chanclas de plástico, en especial las que tienen pedrería. He regalado mil y todavía, cada que escombro el clóset, me encuentro un par.
- Papel aluminio.
- Atún enlatado. Era un tic viejo: antes de conocerme, como vivía metida en el hospital, lo único que comía era una misma ensalada repetida, que había aprendido cuando hizo su residencia y que constaba de una lata de atún, otra de elote y unas cuantas cucharadas de mayonesa Hellmann's. (Noelia hacía énfasis en esto cuando le pasaba la receta a algún residente mal nutrido: en sus épocas, sólo las enfermeras usaban McCormick; los residentes usaban Hellmann's.)
- Chicles sin azúcar (en la caja, ya formada para pagar). Los mascaba exclusivamente al manejar sola porque le daba pánico quedarse dormida.
- Paracetamol.
- PAM.

⸎

Alguna vez, Noelia me dijo: Ser sólo hija es muy Umami Sin.

El PAM, esa mala imitación de aceite que yo por principio me niego a usar, llegó a nuestras vidas con bombo y platillo. Nos lo trajo Lulú, una prima de Noe que vive en Boston y que era la promotora número uno del lado irracional de mi mujer. Cada que venía nos traía un juego de tarot, o el horóscopo chino del año entero, o un libro de la dieta que estuviera practicando. Durante más o menos cien años estuvieron las dos enganchadas en Weight Watchers y Lulú mandaba cajas y cajas de comida prefabricada y puntuada sin entender cuánto me ofendía.

A cambio, cuando Noe iba al gabacho para algún congreso, siempre le armaba una caja llena de tortillas y cosas mexicanas porque Lulú era de esas exiliadas que se la viven idolatrando la patria. Cuando se hizo más fácil conseguir cosas mexicanas allá, Lulú se puso más y más exquisita. Ya no quería cosas de paquetito, sino del mercado. Una vez nos detuvieron en una aduana y tuvimos que dejar atrás siete kilos de queso Oaxaca que llevábamos de contrabando. Por más que Noelia blandió sus credenciales frente a los aduaneros, nadie le creyó que aquello estuviera pasteurizado.

Lulú vivía fuera del país y, de algún modo, también fuera del tiempo. Fue la única persona, según recuerdo, que nunca dejó de hacernos comentarios hipotéticos sobre nuestros hijos hipotéticos. Siempre nos estaba hablando de lo grandes que paren las mujeres gringas, de las *fertility clinics,* de cómo iba a llevar a nuestros hijos a ver a no sé qué equipo de por allá, porque era retebeisbolera. Debe serlo todavía, quiero decir que debe de estar viva, nomás que no la he visto desde el entierro de Noelia. Ese día, ella se encargó de las flores.

Lulú tampoco tenía hijos, ni pareja, ni —en sus palabras— perro que le ladrara. El día que llegó con el primer bote de Cool

Whip, nos lo presentó afirmando que algo así de bueno pero que no engorde era algo que ni dios, que inventó el pene, hubiera podido crear. Pero fue la única referencia a un hombre que le oí en su vida. Sé que tuvo varios, porque era de buen ver y porque luego Noelia me ponía al tanto, cuando Lulú se retiraba al cuarto de invitados y mi mujer llegaba al nuestro posesa por una especie de sobreexcitación chismográfica de la que sólo el sueño, generalmente el mío, lograba arrancarla. En una de esas sesiones me enteré de que Lulú acababa de meterle a Noelia el gusanito de los *reborn dolls*. ¿Qué es eso?, pregunté: Suena esotérico.

Noelia me tradujo: Son muñecos renacidos.

¿Renacidos cómo?

Como que ya no son *dolls* nomás, sino que, cuando están *reborn*, pasan a ser *babies*, son como para consolar a la gente sin hijos, ¿sabes de cuál?

2 0 0 1

Mi trabajo es quitarles la tierra a las trompetas de la muerte con un cepillo de dientes. Está bien difícil. Cuando ya no puedo quitarle más tierra a una, la pongo en una ensaladera llena de agua tibia y Emma la talla con los dedos. Tiene las manos como a mí se me ponen si estoy mucho tiempo en el lago. Traigo ropa otra vez y se siente calientita. Cuando las trompetas quedan lo más limpias que podemos, se las damos a mi mamá y ella las junta con los ajos y tomates, que silban en el sartén.

¿Con qué te pintas las manos?, le pregunto a la abuela.

¿Las uñas?

Sí.

Con barniz.

¿Quieres que Emma te pinte las uñas?, pregunta mi mamá.

Sacudo la cabeza de un lado a otro. Por supuesto que no: yo sé lo que es el barniz y cómo apesta.

Comemos en una mesa de la terraza, que la abuela llama porche. Tengo hambre. Todo huele a aceite con ajo. A Ana no le gusta el ajo, porque es tonta, y come otra cosa y ella se lo pierde. A Pina el ajo le gusta tanto como a mí, sobre todo los quemaditos. Mi mamá nos saca dos de la olla, uno para cada una, y los mordemos felices. Ana nos hace cara de asco. Pi me dice: Tú sí sabes, Luchi Luchi.

Emma nos da servilletas de tela en vez de papel y me siento elegante, como las señoras elegantes de los aviones, que tienen un pañuelo y un gorrito y reparten cacahuates. Yo soy un cacahuate, ¿verdad?, pregunto, y todas dicen que sí, menos Ana, que pone sus ojos para arriba como cuando la insoporto.

Emma sirve la pasta de la olla y el vino de una jarra, dice que lo hacen sus amigos de la otra costa, y nos sirve un poquito también a las niñas chicas, pero a Ana y a mí nos sabe horrible. A Pina le gusta, pero luego dice que a su mamá también le gustaría, y casi llora. Le pregunta a Emma si tiene cocacola. Ana y yo nos reímos, porque sabemos que la abuela odia la cocacola. Pero entonces Emma le dice a Pi algo que nunca nos había explicado a nosotras: La Cocacola son las aguas negras del imperio. Guácala, con razón mi mamá no nos deja tomarla.

¿Michigan es un imperio?, pregunto mientras intento enrollar mis espaguetis en el tenedor como mi mamá quiere que hagamos.

Ana me dice que sí.

El emperador se llama Michelin, dice Pina.

No es cierto, dice Ana: El emperador se llama Umami.

¿Y es malo?

Es malísimo, dice Pina, te jala los pelos y las orejas y etcétera.

Para nada, dice Ana. A Pi le dice: ¡No le digas mentiras a mi hermana! Y a mí me dice: Umami es el mejor emperador del mundo; si una niña lo visita en su castillo, Umami le concede un deseo.

Luego ya no puedo averiguar más, porque nos ponen a trabajar otra vez en la cocina. A mí me dan una cuchara especial como de servir helado pero más chica, con la que tengo que hacer bolitas de melón. La clavas en la fruta y le das vuelta. Soy la reina de las bolitas de melón. Las tengo que ir poniendo en unas copas de vidrio en las que Ana sirve helado y Pina pone cucharitas. Emma prepara café. Pone en una charola un mantel blanco, dos tazas y un bote de miel.

¿Por qué hay bichos dentro de la miel?, le pregunto.

No son bichos, dice, son hongos especiales para adulto. Pero para ti tengo algo más especial, dice, y saca de un estante un bote de galletas alargadas, rellenas de chocolate. Me parece un trato justo, me gusta ganar.

¿Cuántas quieres?, me dice, y yo alzo los hombros porque no me atrevo a decir muchas. Saca las que hay en el bote. Pone una en cada copa de helado y me da las que quedan. Ana se pone celosa. A Ana le insoporta que me den regalos que no le tocan a ella. Le digo: Te las doy si me dices dónde está el castillo del emperador. Acepta. Se las doy y me dice al oído: Nunca vas a poder llegar, porque está en el fondo del lago. Me saca la lengua y se va con mi lata. Pina me saca la lengua también, nomás porque sí.

Cuando salimos con el postre, Emma aplaude y mi mamá canta la canción de la dona. ¿Qué idioma es ése?, pregunta Pina, que es la única que no se la sabe. Es italiano. Luego todas nos ponemos a enseñarle la canción. Mi mamá explica lo que significa pero no la oigo porque estoy pensando en otra cosa. Yo estoy pensando en que mis hermanos y yo nos la pasamos tomando a escondidas un refresco que contiene caca.

Ana y Pina se van a ver su serie a un cuarto, la compraron ayer en el Penny Savers, tienen mil ocho mil capítulos nuevos y sólo hablan de eso. Yo no la quiero ver porque, aunque dicen que no es de miedo, yo sé que si hay vampiros en la portada, entonces es de miedo.

La abuela me pregunta si me gustan las hamacas. Le digo que sí y me lleva a la terraza de enfrente, donde vive su camioneta destartalada. Allí vive también el coche rentado nuestro, pero hoy no porque los niños se lo llevaron, y está también el caminito que conecta la casa con la carretera. También hay zapatos enlodados, sillas de madera, paraguas y, colgado en un clavo, un nudote de hilos de colores. Emma lo desenreda y resulta ser una hamaca. La amarra entre los postes que detienen el techo de la terraza.

Porche, me corrige Emma.

Pensé que porche era el de atrás.

También. Hay back porche y front porche.

A mí me gusta el ponche, le digo, pero no se ríe. Me subo a la hamaca y me dice: Levanta la cabeza. Cuando lo hago, me pone un cojín detrás del cuello.

Nunca había usado almohada en la hamaca, le digo.

Es la versión civilizada, me dice.

No me voy a dormir.

No, es para que estés más cómoda.

¿Me meces tantito?

La abuela me mece un rato, pero muy quedito. Dice: Va a llover.

¿Cómo sabes?, le pregunto.

Porque hay libélulas.

Luego entra a la casa y regresa con hojas y una lata de lápices. Los deja en una mesa al lado de la hamaca, por si quiero dibujar, me da un beso y se va. Bajo el pie de la hamaca y me empujo de la orilla de la mesa, hasta que estoy meciéndome de verdad. Cada rato tengo que volver a bajarlo y repetir para no aburrirme tantísimo. Emma me caía bien, pero ya no porque sentí como que sólo me trajo aquí para deshacerse de mí. Seguro quiere hablar de cosas de adultos con mi mamá y no sabe que en mi casa yo siempre oigo todo y nunca pasa nada. Intento alcanzar con el pie la lata de los lápices para pegarles y que hagan avalancha, pero está un poquito demasiado lejos. Pienso que mejor voy a regresar al back porche.

Luego pienso que voy a regresar en cuanto el sol deje de pegarme en los pies, porque está muy delicioso. El sol que pasa por entre los hilos de la hamaca dibuja sombras en mis piernas. Las sombras tienen formas de ojos, y ven todo lo que hago y ven todo lo que pienso. Creo que al final me quedo dormida porque cuando despierto ya no hay ojos y tengo frío y está lloviendo. Quiero ir con mi mamá, pero entro a la casa y veo a Cleo en el sofá y mejor me acuesto allí porque además hay una cobijita. Quiero que mi mamá o la abuela me encuentren y se sientan mal de haberme dejado afuera tan poco abrigada. Pero las oigo riéndose afuera y antes de que alguien me encuentre me quedo otra vez dormida. Cuando despierto es casi de noche. Cleo y dos de sus hermanos están como dormidos en la alfombra junto a mi sofá. No oigo a las adultas, así que me convierto en una oruga con la cobijita y salgo al porche a buscarlas. La mesa está llena de platos sucios, pero vacía de gente. Oigo voces y corro hacia ellas. Ya no llueve pero el pasto está mojado. Encuentro a Emma sentada en la barda de piedra que rodea el último estanque.

¿Con quién hablas?

Con ella.

Miro alrededor, ¿cuál ella?

Emma.

Tú eres Emma.

Tú también.

Me río pero sin ganas. Luego le pregunto dónde está mi mamá. Emma ladea la cabeza hacia la derecha, da unas palmadas en la orilla de piedra del estanque, me presume: Yo lo hice. Ya sé, le digo, ya nos contó eso en la tarde y ayer y antes. Me dice: Qué bonita peluca, lo tuyo es el morado. Habla como si estuviera dormida, tal vez la abuela es sonámbula. Tiene las manos levantadas, con las palmas hacia el agua pero sin tocarla, las mueve lento, como saludando.

¿Y mi mamá?, le pregunto otra vez.

Emma me señala una carpa anaranjada y dice: ¡Ahí está!

¿En el estanque?

Sí, dice Emma: Tu mamá se hizo pez.

No le creo. Además se está riendo.

It's true, honey, una vez al mes tu mamá se hace pez, desde que era chiquita.

Mueve la cabeza diciendo que sí, que sí, y me hace dudar. ¿Cuál?, pregunto, sólo para demostrarle lo contrario, y me señala una carpa naranja, pero no puedo saber si es la misma que señaló antes, se esconde entre los lirios.

¿Cómo sabes?

Porque le brillan los ojos diferente, me explica: Como a un mamífero.

Siento que me tiembla la boca.

Don't worry, dice Emma: Siempre regresa.

No seas mentirosa, le digo, pero la voz no me sale completa. Me voy corriendo. Come back, dice Emma, pero no volteo y no me sigue. Quiero meterme entre los árboles, perderme, que me muerda un lobo y cuando la abuela me encuentre se sienta mal de haberme dicho mentiras. Pero no me atrevo a entrar, está muy negro entre los árboles. Miedosa, si estuviste allí toda la mañana. Corro de regreso por el otro lado de la casa, entro por la terraza de la hamaca y voy directo al cuarto de mi hermana. Ana y Pi están a oscuras frente a la tele, donde a una niña medio verde le da vueltas la cabeza, como un tornillo. ¿Es su serie?, les pregunto. Pero Ana me grita: Vete, no es para niños.

No me gusta que me grite, les aviento mi cobija y me paso al cuarto de mi mamá. Era su cuarto de niña, la colcha es de cuadros de distintas telas y, en vez de puerta, tiene una cortina tejida, de colores, que mi mamá lava cuando venimos, junto con todas las otras cortinas de la casa porque a la abuela no le importa tanto el polvo. Eso a veces insoporta a mi mamá: que la abuela viva camuflasheada entre el bosque y el polvo. Me subo a la cama, es de fierro y mi mamá dice que es de princesa, pero yo creo que las camas de princesa no rechinan tanto. Ana y yo siempre dormíamos aquí, pero ahora se duerme con Pina en la sala o frente a la tele. Arriba de mí hay aviones. Son unos aviones de madera, que mi mamá construía con su papá cuando era niña, antes de mudarse al lago, antes de que su papá se arrejuntara con Emma.

En una esquina del cuarto está el primer chelo de mi mamá, vive siempre en esa esquina, es como de mi tamaño. Me dan ganas de empujarlo, al chelo, y que se rompa un poco porque mi mamá no está aquí, porque no sé dónde está, pero no me quiero bajar de la cama porque la niña verde me dejó con mucho miedo.

Alguien corre la cortina del cuarto y yo grito. Es Emma. Pensé que estábamos enojadas, pero ella me sonríe muy contenta, pienso que tal vez me va a decir algo bonito, como que soy un cacahuate garapiñado, pero sólo dice: Mira quién regresó.

Emma abre más la cortina para que yo vea: del otro lado está mi mamá empapada. Su ropa y su pelo gotean sobre la alfombra de la sala y el trapo con el que se amarra el pelo está oscuro de tan mojado. Además tiene un lirio en el escote. ¡Mamá estuvo en ese estanque! Se me abre la boca. Emma dice: You see? Mi mamá infla y desinfla los cachetes. Cleo y sus hermanos le ladran. A los perros les insoportan los peces.

2 0 0 0

Pina oye rugir la combi. Chela fue a encenderla porque tiene que calentársele el motor antes de salir a carretera. A cuatro patas, medio dormida, Pina siente el impulso de salir corriendo para detenerla. No lo hace: el rugido está estable, no se va a ir sin ellos. Dobla los codos y revisa bien bajo las camas, el corazón aún latiéndole rápido. Beto está checando los clósets del búngalo, Pina los oye abriéndose y cerrándose. Cuando sale del cuarto, su papá está en la cocineta, tamborileando con los dedos sobre los azulejos de la barra. No hay nada, dice Pina. Él dice: Entonces, fuímonos. Apagan las luces, salen juntos.

Beto trae puesto el traje pero no la corbata. Sus ojos parecen dos líneas, a esta hora, detrás de los lentes redondos, y la hombrera del saco gris le sube por el cuello empujada por todo lo que carga: una mochila, una maleta, la hielera, una canasta. Pina le canta quedo: Cargadito de manzanas, y él la sigue: Tra la la.

Aún no amanece. Los búngalos tienen los ojos cerrados. En la alberca se reflejan los árboles, la gran cúpula, las dos largas chimeneas donde viven las golondrinas, todo sobre un azul profundo que Pina no sabe si es del agua o es del cielo o es la mezcla de los dos. Se arrepiente de no haber nadado en todo el fin de semana.

Llegan a la caseta de vigilancia. Abren la reja y rechina, pero poco importa junto al escándalo de la combi. A Pina le da pena el ruido por los dormidos, por los que tienen golfs y nissans y hermanos, pero también gusto, porque quiere irse desde que llegaron. Su papá pregunta: ¿Qué te pasó?

Pina se da cuenta de que se está tocando la herida de la mano.

Me caí, le dice: Me raspé.

Beto se acuclilla con todo y bultos: ¿Puedes mover la muñeca?

Sí.

Pina le enseña y la mueve lento, con cara de dolor, para que le crea. Se acerca la combi. Beto abre la puerta corrediza. Pina se sube y él sube las cosas. Chela dice: Bonjour, mademoiselle. Pina no contesta. A su papá no le gusta que su mamá hable francés porque lo aprendió con un novio francés. Cuando su papá no está, su mamá le cuenta a Pina de sus novios del pasado. Sus novios, como los príncipes en los cuentos, siempre venían de lugares lejanos.

Es raro ver a su mamá vestida al volante tan temprano. Trae un vestido de flores y un suéter negro tejido y abierto. Generalmente, cuando la lleva a la escuela, Chela trae puesta su ropa de clase de danza. Muchas veces se queda así todo el día. Una vez, un niño del salón le preguntó a Pina por qué su mamá iba por ella en pijama. Leotardo y calentadores, dijo Pina: Danza contemporánea. Pero el niño la miró como si ella también estuviera en camisón. Así es la escuela: nadie sabe quién es Pina Bausch. Todos creen que ella se llama Pina en honor a un árbol de madera clara y chafa. Menos Ana, claro. Ana sabe quién es Pina Bausch, Pina se lo explicó cuando tenían como seis años, con un casete VHS que todavía ponen algunas veces aunque ya tienen nueve, y para usarlo hay que sacar la videocasetera de un armario. En el video hay una obra que Pina Bausch bailaba con los ojos cerrados, caminando entre los muebles. A veces todavía intentan caminar así, pero al final siempre chocan con algo, o entre ellas. Un día pusieron a Luz y a Olmo a caminar así en el patio y él se abrió la frente contra una de las jardineras de cemento.

La combi entra y sale de una ciudad pequeña y medio dormida. Pina ve por la ventana a tres niños que caminan solos por la orilla de la carretera. Traen uniforme y cargan grandes mochilas. Pina quiere proponer que les den un aventón, hay espacio en la combi, pero teme que uno diga sí y el otro diga no, y empiece otro pleito. Toman la autopista. Beto intenta cantar: Vamos a contar mentiras, tra la la. Pero nadie lo sigue. Su corbata está en la canasta de la comida, enrollada sobre sí misma como un caracol gigante y plano.

Anoche, en el baño, Pina vio su herida cambiar de color bajo el chorro de agua. Del rojo oscuro de la sangre seca pasó a un rosa ligero, casi bonito. Es del tamaño del borde de una uña, nada más. Pero no está nada mal, ni siquiera duele tanto. Aunque un poquito sí. Lo suficiente para enmendar que sólo contó noventa y siete golondrinas.

A Pina le gusta la carretera, pero no cuando termina. Le molesta cuando alguien dice: Ya casi llegamos. Se pone nerviosa y empieza a desear que no lleguen nunca, que se les ponche la llanta, pero no, porque eso los frenaría y ella lo que quiere es seguir moviéndose para delante para siempre. Lo que quiere es que se equivoque en la vuelta el que maneja, que se le pase la salida y se siga de frente. Lo que le gusta es ir, no llegar. Ahora mismo, por ejemplo, nada más van. Nadie dice: Ya casi llegamos, porque acaban de empezar, y Pina se siente en paz, su corazón no está agitado, nadie está yéndose a ningún lado sin los demás. Su mamá, al volante, tiene un chongo y el cuello de bailarina que tanto le gusta. Su papá mira para el otro lado, por la ventana de la derecha. La carretera enfrente se va iluminando con los faros de la camioneta.

Antes tenían un coche normal. A Pina le gustaba acostarse bajo la ventana del parabrisas de atrás, sobre la tapa del maletero. De ese coche recuerda eso sobre todo: ver pasar las nubes y los árboles, ver llover sobre ella sin mojarse. También recuerda que su papá no quería que ella viajara allí pero su mamá sí, y que para que no se pelearan ella dijo una mentira. Dijo: Ya ni me gusta ir allí.

Luego, un día su papá y ella estaban en la casa, haciendo la tarea en la sala, cuando empezó a sonar un claxon fuerte, insistente, que no paraba. Finalmente, Beto corrió la cortina. Pina desde el sofá vio cómo se le transfiguraba el rostro, y cómo se empezaba a carcajear. Pina corrió a la ventana y descubrió a su mamá en la calle, haciendo piruetas y *jetés* alrededor de una combi Volkswagen roja, como gestos de presentación de su nuevo juguete. Se había ido en la mañana con el coche de siempre y había vuelto en esta carroza que desde entonces los transporta. La reacción de papá, ese día, fue contagiosa. Pina acaricia ese recuerdo como a un gato y, como un gato, el recuerdo ronronea, emanando la sensación precisa de esa tarde: él y ella adentro, muertos de risa; su mamá afuera, bailando sola pero para ellos.

Chela pone música. Es Tracy Chapman; a Pina le gusta la canción del *Fast Car* porque así va la combi. A veces, si el viaje es muy largo, su papá dice: Bueno, ya, ¿no? Y cambia por su CD de Mozart, que tiene una estampita de dinosaurio pegada en la caja, pero ya que le das *play* no es tan divertido como parecía.

¡Eso es puro chuntata barroco!, dijo una vez Pina sobre ese disco, y sus papás se partieron de la risa. Pina sabía que era algo gracioso porque lo había oído en un ensayo de los papás de Ana al que fue, y todos se habían partido de la risa allí también. La verdad, Pina no sabe qué significa.

No te metas con el camarada Amadeus, dijo su papá esa vez. Ahora, Pina quiere preguntarle si se acuerda, pero le da flojera hablar, subir la voz más allá del rugido de la combi para hacerse oír. A veces también sin el rugido, le da flojera hablar. Le da cosa quebrar el silencio, como una burbuja que ella eligiera reventar, como cuando la carretera se termina: Pina prefiere posponerlo, eso y todo lo demás. Otras veces no se puede, porque el aire está pesado después de un pleito y le toca a ella, aunque no quiera, poner en el aire otra cosa para limpiarlo. A veces, antes de hacer un chiste sabe que sus papás no van a reírse, pero lo hace igual. Porque cuando hay un silencio sucio en el coche o en la casa, da igual que sea bueno el chiste o no: sus papás no están de humor. Pero ella tiene que hacerlo igual, como tapar una mancha con un mantelito. Así como hay huelgas de hambre, hay huelgas de risa. La huelga de Pina es de hablar; sólo con Ana habla mucho. A veces también con su papá, que le hace muchas preguntas. Con su mamá no tanto porque siempre que le cuenta algo es como si Chela ya lo supiera desde antes.

Pina se gira hacia enfrente, se le clava la hebilla del cinturón de seguridad en la espalda. Se envuelve con una cobija y la cosa mejora, pero ya no ve el paisaje móvil y así no tiene chiste la carretera. Cambia de postura, se pone de malas. Sube los pies y pega los dedos al vidrio —está frío—; cuando los quita queda la marca en la evaporación que cubre la ventana. Es como dejar huellas sin tener que ir a ningún lado. Cuando se borran, nada más vuelves a poner el pie. Cuando está demasiado frío, regresas el pie a la cobija. Es como su mamá, que se va y luego viene, y cuando Pina cree que ya no va a recordarla, regresa. Pensó mucho en eso este fin de semana, por el pleito pero también por el piso alrededor de la alberca. Era de adoquines de barro. Cuando los niños pasaban corriendo mojados se quedaban sus huellas y luego, poco a poco, desaparecían y era como si nunca hubieran pasado. El niño que le rascó la mano anoche, Pina cree que tal vez no está tan mal como los otros niños. Los otros niños del planeta Tierra.

Se duerme un rato y cuando despierta está amaneciendo. Están estacionados en una caseta. Se incorpora, mira por la ventana: su mamá está comprando un atole y su papá debe estar en el baño porque no lo ve. Pega la boca al cristal como su mamá odia. Al verla, Chela señala su vasito de unicel, que es el gesto para ¿Quieres uno? No, dice Pina moviendo la cabeza. Chela alza los hombros dos veces, rápido, que es el gesto para Tú te lo pierdes. Pina cuenta las cosas. Hay cinco personas en el puesto, dos son vendedoras y traen delantales y faldas de muchas capas. Hay cuatro coches en la caseta, uno es un camión y otro tiene amarradas dos bicicletas arriba. Hay tres perros rondando el puesto. Hay un papá saliendo del baño. Chela señala su vasito, ahora hacia Beto, y él dice que no con la cabeza. Chela alza los hombros dos veces, rápido. Pina piensa: huelga de atole. Hay un papá y una hija en una combi, esperando a una mamá que platica con la vendedora.

Arrancan otra vez, es de día y se acerca esa bajada que Pina siempre teme y desea, desde la que se aprecia distintamente la nata asquerosa en la que van a meterse. Abajo de la nata está el D. F. A veces, entre la nata sobresalen algunas torres, algunos techos, pero en general si, como hoy, apenas amanece, la nata está cerrada: como algo donde podrías rebotar. Pero la nata te deja entrar. La nata te traga y te hace olvidarla. Ésta es su principal característica: una vez que entras en la nata, dejas de verla. Pina lo sabe y, sin embargo, le resulta difícil de creer cada vez, cuando todavía está aquí arriba y ve la nata tan densa, gris, azul, café, casi sólida, como un merengue muy sucio. Pina siempre intenta seguir viéndola el mayor tiempo posible, pero la nata siempre termina por desaparecer. Sólo algunas veces, a media mañana en el recreo, Pina cree distinguirla arriba de ella, muy por encima de la escuela, difuminando los edificios más altos. Pina la saluda bajito: Hola. Según Theo, los niños del D. F. tienen la nata adentro, en los pulmones, y cuando exhalan en otro lugar, contaminan el ambiente.

A media bajada, la combi entra en la nata y la nata de inmediato desaparece. Pina está poniendo todo su empeño en distinguirla aún: verla, verla, verla, cuando su mamá grita. La combi se jalonea, luego se recupera. ¿Qué coños?, dice su papá. Su mamá dice: ¡Una tina, había una tina!, y señala un punto imposible de distinguir entre la velocidad y los árboles. Luego, en cuanto puede, Chela los saca de la autopista y empieza a recorrer callejuelas. Beto le pide que vuelva a la carretera, está irritado desde el volantazo y quiere llegar a la oficina. Chela lo ignora. Pina se pellizca. Empieza a llover. Theo diría: Nos está meando la nata.

Pasan mucho rato sorteando charcos y piedras, los tres callados, la música apagada. Pina, pese a sí misma, empieza a creer que su papá tiene razón: su mamá nomás se imaginó la tina. Pero no dice nada porque está en huelga de opinar. Su mamá dice que no se la imaginó, que la dejen en paz, que la va a encontrar. Y la encuentra. De pronto doblan una esquina y allí está, está clarísima. Las casas alrededor tienen tanques de gas en el techo, o plantas, o varillas salidas que culminan en zepelines de cocacola. Pero una de las casas tiene una tina en la azotea. Es una tina muy sucia con las patas doradas.

¡Tiene patas de león!, ofrece Chela, como si eso borrara la hora horrible que acaba de hacerlos pasar. Y por un instante Pina anticipa una carcajada, pide muda que su papá se ría, como cuando Chela compró la combi, y que los tres se mueran de una risa contagiosa y unificadora. Pero su papá sólo dice, bien seco: De lux.

Chela estaciona atrás de un taxi sin taxista y se baja como si supiera adónde va. Se cubre de la lluvia con su suéter tejido. Se ve un poco rara con su vestido de flores en este sitio donde los taxis viven. Pina siente que ahora sí puede hablar. Pregunta: ¿Por qué todas las casas son grises aquí?

Porque el esmog las tiñe, dice su papá.

¿Aquí es la nata?, pregunta Pina.

Sí, dice Beto. Pero luego dice: No.

Pina explica que sí sabe qué es el esmog. Una vez la escuela cerró por culpa del esmog y ella se pudo quedar en pijama todo el día, por varios días. Hoy no vas a llegar a la escuela, dice su papá. Está bien, dice Pina, y le pasa a Beto su corbata. Él dice: Gracias. Pero no se la pone.

La puerta metálica en la que su mamá acaba de tocar se abre y en el hueco aparece un señor gordo sin camiseta que, nada más ver a Chela, vuelve a cerrar la puerta. Chela les levanta los hombros y su papá le levanta las cejas, que es la señal para Te lo dije. Pero luego el señor aparece otra vez, con camiseta. Detrás del señor se asoma una niña que ve a Chela y se le cae la baba. Tal vez no tiene mamá, piensa Pina: Tal vez quiere a la mía.

Chela habla con el señor, señala la azotea, junta las manos, y, finalmente, parece que el señor le contesta algo. Luego, Chela regresa hacia la combi. Beto se inclina hacia la portezuela del conductor y baja el vidrio. ¿Cuánto traes?, pregunta ella. Él abre su cartera: Quinientos pesos. Ella saca todo el dinero, luego mete medio cuerpo por la ventanilla, hurga en su bolsa gigante, saca otro par de billetes, agarra las monedas del cenicero de la combi. Beto, incrédulo, sigue deteniendo su cartera vacía, abierta por la mitad, como un pez negro recién deshuesado por el pescadero. Chela está radiante, con todo ese dinero en las manos y el pelo pegándosele a la cara por la lluvia. Le sopla un beso a Beto. Pina saca su dinero de la mochila y se lo ofrece: es una moneda de diez pesos, pero Chela no se la acepta. Guárdalo para las sales, le dice, y también le sopla un beso. ¿Qué sales?, pregunta Pina, pero su mamá ya se dio la vuelta. Su papá sube el vidrio y le explica: Sales para hacer burbujas.

Ven a Chela entregarle el dinero al señor, que se lo devuelve. Ella se lo da otra vez, él se lo devuelve. Esto pasa tres o cuatro veces, hasta que finalmente el señor se guarda el dinero en el bolsillo y la mamá de Pina se mete a la casa. Se cierra la puerta detrás de ella. Aquí Beto, que había mantenido la cabeza apoyada en el asiento, se endereza. Acerca la nariz al parabrisas. Al poco rato ven a Chela aparecer en la azotea con un niño flaco. La admiración que llena el pecho de Pina palpita tanto y tan rápido que se parece al miedo. ¡Es mi mamá!, tiene ganas de decir. Su mamá le grita algo a su papá. No la oyen, pero le entienden por cómo mueve las manos. Beto resopla, se quita el saco, le dice a Pina: Tú no te bajes, pero él sí se baja y antes de cerrar ya está mentando madres: pisó un charco, se le empaparon los calcetines. Azota la portezuela. Corre a la casa mal cubriéndose con los brazos. La camisa blanca se torna transparente. La niña le abre antes de que él toque, mira un instante a Pina y luego cierra la puerta detrás de él. Durante el minuto que le toma a Beto emerger en la azotea, Chela baila bajo la lluvia. El niño flaco se ríe nervioso, Pina se tensa. Beto aparece en la azotea. Pina se pasa al asiento de enfrente para verlos maniobrar. El niño flaco los deja solos y sus papás discuten bajo la lluvia, ella feliz y él enojado, eso se nota desde abajo. Levantan la tina entre los dos. Pesa. La bajan. La levantan. Se gritan, gesticulan, pero, paso a paso, entre los dos transportan la tina hasta el borde de la azotea. De un movimiento la inclinan para vaciarla y ésta es la última imagen que Pina tiene de sus papás juntos: están parados en el techo de una casa hecha de esmog y vierten, sobre la calle mojada, una cascada de agua sucia.

IV

2 0 0 4

Planté el maíz. Lo demás, de aquí a que tengamos milpa, es sólo riego, cuidados, notas de observación que hago en los márgenes de mis libros. Uno es el *Manual de milpa urbana* que publicó Alf en 1974. En la portada hay una foto de la privada antes de que hubiera privada. Al fondo está la casa que había aquí originalmente, y el resto del terreno está todo sembrado, con un grupo de hippies trabajando "el campo". Reconozco entre ellos a Alf, igual de flaco pero con el pelo largo, y, sobre la casa, en un nicho, reconozco la campana que ahora vive clavada en nuestro pasillo como la espada en la piedra.

El plan es que, cuando los tallos del maíz alcancen medio metro, podré plantar el frijol. El frijol le dará al suelo todo el nitrógeno que el maíz le arrebata. Esto es importante, parece. Tengo que plantar dos o tres retoños de frijol por cada tallo de maíz y guiarlos para que trepen. Además, lo del nitrógeno también hará durar muchos ciclos nuestra tierra nueva; eso es lo que significa hacer rotación de cultivos y eso quiere decir que hicimos una buena inversión. Mi papá de su dinero y yo de mi verano.

Cuando los retoños de frijol alcancen en un tercio de altura a los tallos del maíz, entonces tengo que plantar las semillas de calabaza. Ya veremos cómo sale todo si al mismo tiempo tengo que hacer la secundaria. Por lo pronto, bonito sí se ve el patio. Fuera del área de milpa al fondo, todo el resto de la superficie ya tiene pasto, y las jardineras están llenas de plantas. Tengo una jardinera vacía nada más, para los tomates que plantaré cuando regresen mis hermanos. Volvimos a colocar, sobre el pasto nuevo, la vieja mesa de picnic. El pasto fue lo más caro, pero papá está contento; sale descalzo en las tardes después de las lluvias. Con una franela limpiamos las bancas y nos sentamos. Yo leo y él toca la tabla: unos tamborcitos de la India, multifacéticos y rejegos, son su nuevo juguete. La tabla es una pero son dos: una chica y una grande. Antes de tocar tienes que aprender a hablar tabla. Papá va a clase una vez a la semana y cada noche me recita soniditos que luego intenta reproducir con las manos. Ya me sé los más básicos: Mano derecha: Taa, Tin, Tete, Tu. Izquierda: Ga, Ka. Pero es todo un alfabeto. Papá se clava probando hasta que le duele el tendón desde la muñeca hasta el antebrazo.

Ni aguantas nada, le digo.

A los papás de tus amigas, me dice, les duele lo mismo pero de andar moviendo un ratoncito. Papá se cree muy distinto. Porque no tiene mail, porque no dice mouse. Cuando cumplió cuarenta años prometió aprender un instrumento nuevo cada dos años. Pero desde que se murió Luz no había vuelto a tomar clases de nada.

Ayer llegó una carta de mis hermanos. A pesar de todo, Emma no pierde la fe en las postales, mucho menos ahora que tiene una oficina de correos tan cerca de su casa (gracias, Walmart). Está escrita en inglés, como dicta la costumbre, pero es comprada en vez de dibujada por nosotros, como eran antes cuando la abuela nos ponía a producir postales artísticas, religiosamente una vez a la semana durante todo el campamento. Creo que nos gustaba. Creo que servía a la vez para que no extrañáramos a mis papás y para que nos sintiéramos bien lejos de ellos. Y bien especiales. Sobre todo a la hora de sellar los sobres con cera de colores que había que derretir y estampar con el sello de cobre que tenía Emma con sus iniciales. En la sala tenemos una de las cartas enmarcada. Tiene cuatro manos, cada una de un color distinto. Se ha ido decolorando. Pero como está la huella de Luz, nadie se atreve a quitarla. Tal vez se va a borrar por completo. Acrílico, creo que es. O tal vez acuarela. Voy a preguntarle a Marina cómo protegerla.

En mi opinión, mis hermanos tienen la vida fácil. Los varones, en general, tienen la vida más fácil. Su vida consiste en mirar pechos ajenos y no tienen que esperar a que les baje la regla o les salga el vello que luego van a pasarse la vida rasurando. Aunque esto último, cuando se lo dije a Pina, ella me dijo: Y la barba, ¿qué? Tal vez tiene razón. Cuando me perdone lo del otro día se lo diré, que tenía razón. A veces nos llevamos así, nos dejamos de hablar por una tarde o hasta dos días. Una vez nos dejamos de hablar casi una hora en el mismo cuarto porque se burló de mí por usar la palabra antaño. Pero a mí me gusta esa palabra.

La carta no dice nada que no me hubieran dicho ya por mail, pero leerla me pone contenta igual, de no estar allá. Y porque reitera lo que me interesa: consiguieron mis semillas. Es que he estado investigando. Parece que los tomates deformes no nacen de una sola planta que puedas plantar. Así que ahora tengo un kit de heirloom tomato seeds que compré por internet. No sé cómo se traduce. Lo pagué con la tarjeta de mamá y mis hermanos van a traerlas escondidas en la maleta. A mí me suena a un personaje oscuro: The Heir of the Looming Tomatoes. O a una consigna machista: You must stay at home and weave, you heir of the loom. Cuando se lo dije a Pina, sólo me contestó: Bájale, Elizabet.

Desde que tengo como siete años, cada tres meses Emma me manda una caja de libros. Compra los libros por kilo, cuando alguien del county se muere, y me los va mandando. Durante dos años consecutivos, de mis ocho a mis diez, recibí exclusivamente novelas de Agatha Christie, por una viejita que era fan y se murió dejando una colección enorme que Emma compró entera y me fue administrando. Entonces, todo a mi alrededor me parecía una pista, y para todo Pina me decía: Cálmate, Christie. Alf nunca dejó de llamarme así, pero nunca me dice que me calme ni que le baje.

Este año, como no fui al campamento, pensé que Emma ya nunca más me mandaría libros, pero hace unas semanas me llegó una caja llena de clásicos elizabetianos, en un inglés elegante y retorcido. De allí el Elizabet. *What's in a name?* Los tomos coleccionados por moribundos alrededor de un lago en Michigan determinan mis apodos.

No sé si ahora, también por no haber ido al campamento este verano, mi inglés hablado va a desaparecer por completo. Si me preguntan my name, contestaré: Taa tin tete tu, y tendré que comunicarme exclusivamente por escrito con mi abuela. Sólo en el lago practicaba mi inglés en persona. Ella siempre me decía: You're so pretty, kiddo. Y yo le contestaba: Why, thank you! Pero de creerle, nada.

You're so pretty, le digo a mi patio.

Le llevo unos tomatitos de mi planta a Pina y me perdona. Viene con su nuevo hula-hula y está azorada con cómo se ve todo ya plantado. Mamá hizo limonada y yo bebo a sorbos mientras Pi intenta hacerse girar el aro por la cintura. Creo que Daniel tiene una amante, le digo de pronto.

¿El vecino?

Ajá

¡Nel!

Ei.

¿Cómo sabes?

El otro día fui a tocar el timbre y estaba allí pero no me abrió.

¿Y?

Y me asomé por abajo y había unos zapatos.

¿Y eso qué?

Había unos de tacón también, así medio tirados ahí, y Daniela no usa tacón.

Todos los hombres son putos.

¿Y eso?

Así dice Chela.

¿Te digo qué más? Cuando Emma entró a la Universidad de Michigan, en los sesenta, las mujeres tenían prohibido entrar por la puerta principal.

¿Neto?

Ajá. Había una puertita al lado. Decía Ladies Entrance.

¡Qué mierda! Y no fue hace tanto. Pero... ¿te digo algo? Theo, si no se cuida, se me hace que también se va a volver medio macho.

¿Theo? ¡Pero si toca el piano!

Ajá, pero no se quita su camiseta esa, con una chica encuerada.

Es una pin-up girl.

Es desangrante.

¿Denigrante?

¡Eso! Eso se llama machismo.

Pi deja caer el aro y se sienta en la mesa. Le sirvo limonada; me siento fuerte y bronceada. Le entrego el vaso y la ilumino: Eso, querida, se llama vintage.

¿Crees que está mal que Chela me haya regalado un aro?

¿Mal cómo?

¿Mal como que piensa que me quedé de nueve años?

Mamá abre la puerta corrediza y anuncia: ¡Miren quién vino! Es Marina, que baja la mirada al ver a Pina. Marina evita a

Pi, es una de esas cosas de la privada que todos sabemos y nadie entiende, como que, cada tarde, Alf pasea a las nenas en una carriola por el barrio. A Pina no le pesa que Marina no la mire a los ojos, creo que hasta le gusta, la hace sentirse interesante. La saluda y le ofrece su hula-hula. Marina lo prueba mientras yo les cuento de los iroqueses, unos indios americanos que tenían constitución y repartían los poderes: sólo las mujeres podían ser jefas del clan, y sólo los hombres podían ser jefes militares, pero la jefa del clan siempre era la encargada de elegir al jefe militar.

¿Y había menos guerras?, pregunta Marina.

Ni idea. Lo que sí sé es que plantaban milpas. Yo estoy usando su técnica; se llama Tres Hermanas. Las tres hermanas son maíz, frijol y calabaza.

Marina y Pina analizan las plantas en las jardineras.

No, les digo, y les señalo el área que parece contener sólo tierra.

Dicen que sí con la cabeza, dudosas. Se va a tardar unos meses, explico. La ventana se abre y mi mamá me chifla para que vaya. Me acerco, segura de que me va a decir que corra a Marina, que nosotros somos como Corleone y que ella no es bienvenida en esta casa. Pero en vez de eso me pasa un vaso limpio. Es uno con personajes de películas impresos y un popote integrado, se lo sacó Theo en alguna promoción de comida rápida. Mamá dice: es el único que hay de plástico. Marina le manda un beso volado. Pero mamá no reacciona, se quedó viendo algo. Pienso que va a notar que planté el maíz, podría notarlo por las muescas que hice en las jardineras, para atajar un hilo transparente con el que estoy delimitando la parcela porque no quiero que nadie pise a mis tres hermanas pensando que allí nomás hay tierra. Pero mamá está mirando otra cosa. Ladra: ¿Pina, de dónde sacaste eso? Raro, agresivo: mi mamá nunca le dice Pina. Miro a mi amiga: en las manos tiene el perro de peluche que encontré el otro día. Marina lo ve también y grita: ¡Patricio!

¿Lo tenía tu mamá?, pregunta mi mamá.

¿Cómo?, dice Pina.

¡Era el perro de Luz!, dice mi mamá.

¡Era mío!, digo yo.

Marina dice: Me acuerdo, lo traías para todos lados cuando te conocí.

Pina sigue mirando a mi mamá, con rencor.

Mamá me observa detenidamente y luego levanta los hombros: Puede ser, dice, y se aleja de la ventana. Por un instante pensamos que va a salir por la puerta corrediza, pero sólo vemos nuestro reflejo, que se menea sobre el vidrio por efecto del sol. En el reflejo, así, nosotras tres, no nos vemos tan distintas. No más que el maíz del frijol, o el frijol de la calabaza.

Marina prende un cigarro y, a ratos, sin decir nada, se lo pasa a Pina, que le da caladas, estratégicamente de espaldas hacia mi casa. Fumar es una pendejada. Pero una pendejada que ahora mismo me da un poco de envidia. No quiero que se hagan amigas, me choca que se pasen el cigarro y el hula-hula y no me insistan para que pruebe sólo porque dije que era una pendejada. Aunque tampoco me gusta cómo en los últimos tiempos Marina se llena de vergüenza cada vez que ve a Pina. Algo pasó allí que nadie me explica. Un día estaba todo bien y luego Marina hizo algo, mi mamá la corrió de la casa y no hubo más clases de inglés, ni más baby sitting. Cada vez que Pina o yo le preguntamos a mi mamá qué pasó, nomás alza los ojos y se pone a cantar, que es como ella invoca paciencia o discreción. Antes de irse, Marina me dice: Te hice un color. Y al oído me susurra: Verdiz.

¿Vamos por una horchata?, pregunta Pi.

Estoy a dieta.

No seas tonta, no estás gorda.

Bueno, pero tú invitas.

Va, dice: Te veo en la campana en una hora.

No sé qué va a hacer con tanto tiempo, seguramente peinarse. Últimamente se la pasa peinándose. Se va y yo me quedo afuera leyendo *Euphues and His Anatomie of Wit*. Leyendo es un decir. Es más como descifrar un código: *But thou Euphues, doſt rather refemble the Swallow which in the Summer creepeth vnder the eues of euery houfe, and in the Winter leaueth nothing but durt behinde hir: or the humble Bee, which hauing fucked hunny out of the fayre flower, doth leaue it and loath it: or the Spider which in the fineſt web doth hang the fayreſt Fly.* Por medio segundo, se me antoja que mis hermanos estuvieran aquí. Si se los leyera con british accent, Olmo se reiría y Theo diría que hagamos una banda y le pongamos The Fayrefts Fucked Flies.

Cuando ya no aguanto el sol, entro a la casa. Se siente fresca, casi fría y, por contraste con afuera, oscura. No veo nada al entrar y me tropiezo con algo. Es mamá, que está en el piso. Grito. Ella se ríe.

¿Qué haces?, le pregunto.

Me estoy estirando.

Un evento de inauguración, dice Pi mientras cenamos. Y: Cobrar la entrada.

Mamá dice: ¿Cómo crees, Pi?

Papá le sirve vino a Beto, luego a mamá, y le dice: Tú vendías limonada.

Otros tiempos, dice mamá: Otro país.

Pina me dice: Tú y yo vendíamos grillos, ¿te acuerdas? Tú los atrapabas y yo hacía huecos en la tapa de los botes, para que respiraran.

Miro fijo a mamá y, sin pensarlo bien, sin saber bien a qué me refiero, le digo: Me lo merezco.

Exacto, dice Pina: Esta niña ha trabajado mucho, mírenle los brazos: ya tiene conejo.

Hago un conejo; papá lo aprieta y finge estar impresionado.

Mamá dice: Beto y yo comprábamos los grillos y los soltábamos.

Beto chifla y dice: De ésa sí no me acordaba.

¿Podemos hacer la inauguración?, pregunto.

Mamá tiene un turbante azul. Me sonríe, me hace Protestante con la mano, pero luego dice: Bueno.

Papá dice: Pero cuando vuelvan tus hermanos.

Obvio, dice Pina casi ofendida, como si ya lo hubiéramos considerado.

Y que la entrada sea cooperación voluntaria, dice mamá.

Papá me tiende la mano, luego a Pina. Trato hecho, decimos mientras nos apretamos. Pero dentro de mí yo digo otra cosa, también, al mismo tiempo. Dentro de mí yo digo: Squeeze!

Me voy con Pina a su casa, los adultos se quedan en mi sala. Mientras Pina no estaba, me bajó la regla. Mamá dijo que había que celebrarlo. La cena de hoy era por eso, pero sólo Pi y yo y mis papás sabíamos. Beto no. A él le dijimos que era una bienvenida para su hija.

Pina me pasa un sobre con las fotos que reveló. Es un poco raro volver a ver a su mamá. Nunca antes había pensado en lo guapa que es. Luego, mientras Pina me hace trencitas en el pelo y no nos vemos a la cara y no nos da tanta pena, me interroga sobre el color, la textura, el olor de la menstruación.

Pina es malísima haciendo trenzas, pero es un experimento necesario. Daniela nos dio ligas de sus brackets. Se ve horrible embarazada y con brackets. Dice que si dormimos con las trencitas y en la mañana nos las quitamos habremos "creado volumen". Necesitamos el volumen para la inauguración del patio, éste es el ensayo. Me da sueño; hace mucho que nadie me peina. Pina trenza y trenza y me cuenta de Mazunte: vio tortugas. Al final dice que lo más raro es que le pasa lo mismo que cuando era chiquita: cuando está con ella, no se atreve a hablar. Como que quiere decir lo correcto y lo piensa tanto que al final no dice nada. Dice que ya no le pasa así con nadie más, sólo con desconocidos o con niños que le gustan. Dice que sí se armó de valor y le preguntó a su mamá qué decía la carta famosa, y Chela le dijo que no se acuerda.

¿Te pidió perdón?, le pregunto.

Pi niega con la cabeza mirando al espejo de su tocador.

¿Conseguiste novio?, le pregunto.

No, me dice: Los hombres de nuestra edad están muy mal, Elizabeth, Lizz, Lizzie; te voy a decir Lizzie ahora.

Le digo: Los hombres de nuestra edad no son hombres todavía.

¿Qué son?

Son youths.

¿Son qué?

Yo a ti ahora te voy a decir Lady Pi.

Hace horas que Lady Pi está dormida. Yo no, porque todo lo que me contó me aplasta el pecho y las trenzas me dan comezón. No sé si yo podría ver otra vez a Chela, no odiarla hasta el final. Se me ocurre que puedo odiarla en nombre de mi amiga, para que Pi pueda perdonarla. Perdonarle irse, y perdonarle eso que le confesó ahora y que Pi me contó antes de dormir: que el año pasado, para el cumpleaños de Pina, Chela vino hasta acá pero se quedó en la puerta. ¡No tocó el timbre! Estaba aquí y no entró. A mí eso es lo que más me enoja. Eso y el contenido de la carta.

Es fácil odiar a Chela, pero no puedo dormir al mismo tiempo que hago eso; me despierto a cada rato y todo sigue allí, en mí, hecho bolas. En una de ésas ya no está negro en la ventana. Me levanto para ver el estéreo: son casi las seis de la mañana. Me visto y bajo. Cruzo la laringe descalza. Me detengo a tocar la campana con el pie: está mucho más fría que el piso. Me quedo allí tantito. Soy como un personaje de algo ahí parada, con la madrugada y lo triste.

Lo otro que me dijo Pina fue esto: después de todos estos años, cuando volvió de Mazunte, Beto accedió finalmente a mostrarle la carta. Es de una sola frase, la que menos hubiéramos imaginado. Creo que eso es lo que no me deja dormir. ¡Cuántos años llevamos especulando si era una carta de suicidio, si revelaba un secreto desastroso, si explicaba una profesión oculta, una vocación divina que Chela tendría que haber seguido, algo que realmente explicara su desaparición! Pero la carta no dice nada. Peor que eso. La carta dice: *Pina, sólo te pido que acabes la prepa.*

En mi casa está abierta la puerta corrediza. Primero me espanto, pero luego me acerco lento y veo a mi mamá en el patio. Está parada en medio, con una taza de café en las manos. Parece extraviada, en pijama, con un chal a medio amarrar, como si unos chaneques hubieran venido a perderla. Como si el patio fuera un bosque y ella no supiera dónde quedó el atajo. Salgo hacia ella. ¿Qué haces aquí? Se lo pregunto suave, tomándola del brazo.

Tiene un camisón blanco, está descalza. Tiene el pelo suelto, color de trigo. Entre el cuello de encaje y sus clavículas está su anillo de bodas. Nunca le gustó usarlo en el dedo; papá dice que se lo colgó en la cadena a la tercera semana de casados. Hace mucho que no veo esta parte de ella, me doy cuenta de pronto: se mueve cuando respira, arriba abajo, y el anillo capta la luz de un farol. Sus hombros parecen dos pelotas de tenis injertadas bajo la piel, igual que los de mis hermanos: no me acordaba de eso. ¿Mamá también ha estado escondiendo su cuerpo? Me recorre con el dedo los surcos entre las trenzas y se me reaviva la comezón. Luego baja los ojos al pasto nuevo. Nos miramos los pies. Mamá se aferra a mi brazo y con su pie me enseña: si lo acercas de lado a un pasto, se te suben las gotas a los dedos. Tenemos los mismos pies, demasiado anchos en el empeine. Y ahora tenemos esto también: rocío, cosas verdes.

Mamá aprieta los dedos del pie y arranca unos cuantos pastos. De inmediato se arrepiente y me mira como una niña después de una travesura. Le alzo los hombros: No importa. Tenemos más, más de esto. Mamá me parpadea lento, entonces, como cuando da las gracias.

2 0 0 3

Ni bien se sientan, Chela decreta: Ahora vamos a hablar de cosas felices. En la mesa tienen las crepas, dos platos y una muestra de la colección de mermeladas de Chihuahua. El agua de garrafón en una jarra. Marina, que nunca usa la mesa, siente que todo es un simulacro y oscila entre la atracción y la repugnancia. Tú empiezas, dice Chela.

Invento colores, es lo primero que se le ocurre a Marina.

¿Con pintura?

Con palabras.

¿Cómo?

Como... éste lo pensé hace rato, todavía no sé si funciona, pero: néctrico. Es el negro iluminado de las grandes ciudades.

¿Negro eléctrico?

Exacto.

Órale. ¿Tienes más?

Rostra es el rosa clarito que queda abajo de una costra que te arrancas, ¿ubicas?

¡Sí!

Amucio es el amarillo sucio de las franjas en las banquetas. Atardaranja es el naranja de un atardecer. Blancúmero es el blanco efímero de la espuma.

Isabel hace sí con el dedo índice porque tiene la boca llena. Síguele, pide meneando la muñeca.

Verdaje es el color del discurso ecológico: el verde chantaje. ¡Genial!

Róxido es el rojo de lo oxidado. Hospitache es el verde pistache de los hospitales. Aceitiris es el color complicado de las manchas de aceite en el pavimento, ¿lo ubicas?

Eres poeta, concluye Isabel: Y eso no se da en maceta. Yo, mi cosa feliz es mi hotel.

No es suyo, pero así le dice: mi hotel; a Marina esto no se le escapa. Chela resume los tres años que lleva allí: empezó de mesera y fue subiendo los peldaños de la hotelería. Habla de las tortugas y sus huevecillos, de las mordidas a la policía, de los turistas ignorantísimos; habla de un colombiano, de un irlandés, el mejor sexo de su vida, la mejor mota de su vida, altos niveles de THC. ¿O dijo DHL? Marina no puede concentrarse con la comida allí. Y porque no le gustó que la interrumpiera: tenía más colores, tiene decenas de colores que contarle. ¿Cuántos años tienes?, pregunta. Treinta y nueve, te dije hace rato. Claro. Marina mueve pedazos de crepa de aquí para allá con el tenedor. Se comió casi la mitad de la suya con relativa sencillez, tenía que ver con lo caliente, pero ahora que está frío, pegajoso, ya no puede comer y está buscando cómo pararse con los platos sin ofender a nadie. De repente, Marina decide de qué lado está. Aunque no haya lados, le da igual. Ella está del lado de Pina. Ella está del lado de Linda. Ella está con la privada Campanario, con los que resisten como mejor pueden los embates de la vida cotidiana: ¿qué hace esta mujer de playa —esta estrellita marinera, este pescadito dorado— en su casa?

Chela le muestra fotos del hotel en su teléfono, pero a Marina esto la decepciona, casi la ofende. Su hermano dentro de ella pregunta: ¿Para-esto-dejaste-a-tu-hija?, ¿para un bronceado

y un *nametag* de mánager? ¿Para un porro y un celular con cámara? Todas esas cosas ligeras, soleadas y bilingües, que Marina
también desearía tener, no le parecen adecuadas para Isabel. No
a su edad. En el *nametag,* su nombre está escrito *Isabelle.* ¡Por
favor!, piensa. Y le viene un asco concreto hacia cierto tipo de
confusión: esa que huele a sándalo pero que apenas se distingue
del olor a incienso de las iglesias. Le entra una novedosa, espon-
tánea apreciación por su madre, que será muy sumisa, pero al
menos no está confundida. No les cree nada ni a los hippies ni a
los mochos. No confía en ningún tipo de humo. Si la casa huele
a humo, la mamá de Marina pone a hervir clavo y cáscaras de
naranja.

De pronto, Marina sabe lo que toca hacer, y no es sólo por
quitar las crepas: es porque sabe que le toca decir esto, lo sabe
desde la cocina y lo ha estado posponiendo. Así que se para, lleva
su plato al lavabo y cuando regresa sube un pie a una silla, se recarga en la rodilla, prende un cigarro y dice: Te tengo que decir
algo, ¿ok? Lo está haciendo mal. Sabe que lo está haciendo mal
pero el léxico del hospital lleva las de ganar: Empoderamiento,
lee en su cabeza. El poder es un potro. Hay que montarse en él.
Es un potro veloz y hay que trepárasele de un salto. Al menos eso
se imagina Marina cada vez que alguien lo menciona.

Chela tiene las cejas levantadas, divertida pero también
atenta, abierta. Baja el teléfono.

Luz, ¿la hija de Linda y Víctor?

Sí...

Marina se sienta: el potro se fue. Mira la mesa avergonzada, no
quiere ser la encargada de decirlo. No es una cosa feliz, para
empezar, y además no le corresponde. Hay una mancha de cajeta
sobre el mantel de plástico. Marina la restriega con una servilleta y
la servilleta se atora en el caramelo, se rompe y forma finos taqui-
tos de papel.

¿Qué con Luz?, pregunta Chela.

Se murió. Hace dos años.

A Chela se le sale el aire. Se oye, el aire, saliéndosele con un corolario de sonido débil, al tiempo que ella se lleva los nudillos a la boca, las cejas se le juntan, se muerde la mano. Un instante de emoción transparente, como un puñetazo, uno que sí funciona y que Marina asocia con el abismo entre sus edades, porque ella no recuerda haber tenido una reacción así nunca: una exhalación de dolor empático.

Después de un rato, Isabel se levanta y va al sofá. Arma un toque y todo el tiempo le lloran los ojos de esa misma manera desconectada, como si estuviera lloviendo nada más. Dice, bajito y para ella, infinitas veces: Puta madre. Marina la alcanza en el sofá y fuman en silencio, cada una recargada en un extremo, separadas por un pequeño lago de vinilo amarillo y un cenicero que dice La Taza de Mostaza. Los pies de ninguna de las dos tocan el suelo: Marina se abraza las rodillas e Isabel tiene las piernas hechas un nudo, algo no muy distinto del ocho con el que Chihuahua enreda los cables. En la radio, Nina Simone derrite las palabras *daddy, sugar, bowl*.

Lo extraño, piensa de pronto Marina: Qué enferma estoy. Extraña a su papá como a la luz de una casa donde ya no vives, una ausencia sutil pero constante: un miembro fantasma, su malhumor. O no el malhumor en sí pero la tensión que sembraba en el aire. Y también lo otro: la distensión posterior. Ese agotamiento en que entraba la familia después de que él se hubiera ido azotando la puerta, como un poscoito de la violencia: un silencio que, de tan pasivo, resultaba pacífico.

Chela suelta una risita moqueada. Una vez, dice, y señala con la barbilla hacia la pared donde está el retrato de la doctora Vargas: Beto fue a despertar a Noelia en medio de la noche porque yo tenía un dolor horrible. Ella vino en bata, me revisó y me diagnosticó un pedo atorado. Así me dijo: No te angusties, Chelita, esto en medicina se llama pedo atorado, y se te pasa en un ratito. Me dio unos peptobismoles o algo así, y me mandó a la cama. Pero al día siguiente fui al hospital y resultó que era una peritonitis.

Una vez, dice Marina, mi papá me hizo un *show* con burbujas de jabón; pompas de jabón, les decía, y yo me moría de risa. Alguien había alquilado el restaurante para una fiesta de cumpleaños, y ella estaba en la cocina cuando un payaso entró a pedir una bandeja con agua. No le había importado ser la niña en la cocina hasta entonces. Es más, le gustaba, la hacía sentirse superior a los niños que nunca trabajaban. Pero lo del payaso sí le pudo, explica, porque su papá no los dejó salir, y ella y su hermano tuvieron que ver el espectáculo a través de la ventana redonda de las puertas abatibles de la cocina, ella subida en una cubeta volteada, y estarse quitando cada vez que un mesero entraba o salía. Pero más tarde esa misma noche, entre los globos que quedaban de la fiesta y las sillas ya patas arriba sobre las mesas, su papá reprodujo el espectáculo en una humilde función privada. La hizo sentarse en la mesa del centro, le sirvió cocacola en una copa de vino y medio pastel de queso con fresas todavía en su charola de cartón dorado. Mientras el payaso había usado un artefacto de dos palos y una cuerda para hacer burbujas gigantes, su papá llenó un plato hondo con agua tibia y jabón de platos. Se mojaba la mano con la mezcla y luego deslizaba la yema del dedo gordo a lo largo del índice, formando, al juntar las puntas de ambos dedos, una capita delgada. Daba una fumada a su cigarro y exhalaba humo hacia la capita entre sus dedos, que se inflaba en una burbuja rellena. Ella —¿qué tendría entonces? ¿Siete, ocho años?— quería que las burbujas duraran más tiempo. Eso es lo que mejor recuerda: duraban muy poco, duraban menos que las pompas de jabón normales, porque no lograban realmente elevarse. Ella le pedía a su papá que ya no las hiciera con humo, pero él quería hacerlas así. Era un truco del payaso. Las burbujas salían de un gris verdoso, y cuando explotaban quedaba en el aire una esfera de humo, un instante, y luego se desvanecía. En aquel entonces Marina no tenía la mentalidad de un fumador y no había podido apreciar lo que ahora le dice a Isabel: Qué buena idea del payaso, ¿no?, para justificar su cigarro en plena fiesta infantil. Y luego, sin transición, dice: Ojalá mi papá se hubiera ido de la casa.

No lo dices en serio.

Sí. Era un papá para recordar, no para tener; todavía lo es.

¿Qué estás tratando de decirme?

Nada.

Marina quiere hablar de los zapatos. De los zapatos brujiles, de un terciopelo tornasol, añil o turquesa, según la luz. ¿Dónde encontraste esos zapatos?

Pero Chela la ignora. Cruza los brazos atrapando una mano en cada axila, se inclina hacia enfrente y pregunta muy atenta, muy como el terapeuta de Marina haría: ¿Tú crees que debo regresar mañana a buscar a Pina? Por ella, quiero decir, ¿le haría bien a ella que yo vuelva?

Pero el terapeuta nunca pregunta cosas así de difíciles. Ahora, de pronto, Marina preferiría la primera persona. Ser ella misma el tema, no tener en las manos los hilos que atan a otras hijas con sus progenitores. Ser chiquita y que le pregunten por su futuro. O ser grande y que le pregunten, como odia, como si ya fuera demasiado tarde: De chica, ¿qué querías ser cuando fueras grande?

Marina parpadea para parecer confundida; quiere hacer como Chela y poder ignorar la pregunta, pasar a otra cosa. ¿No estaban hablando de ella? Sí, de ella y de su papá, o de Luz, pero no de Isabel, desde luego no de Pina. Pero también la halaga, de algún modo, que Isabel le pida su opinión. Pero también —descubre por último y no sin sorpresa— la enoja.

La enoja. Le caga. Le parten la madre esta bola de padres irresponsables y siente los carbohidratos latiéndole en las piernas: la furia y la energía. Las crepas fermentan con la bilis, le transparentan las verdaderas intenciones de los dulces: el confort a posteriori: esa maldita manía progenitora de resanar las culpas con azúcar. De enmendar las cosas con niños. Engendrar como paliativo. Ella misma, por cierto, ha considerado hacerlo: dejar de tomarse los anticonceptivos para ver si así por fin Chihuahua acepta vivir con ella, compartir los gastos: jugársela juntos, dice ella. Ni que esto fuera una feria, dice él. La última vez que se pelearon, Marina le pidió "que la contenga". Más tarde, ya a solas, esbozó este puente entre ambas cosas: quiere que algo la contenga y por eso coquetea con la idea de convertirse en un contenedor, fabricarse en la panza un remedio vivo, algo que los renueve, algo que los distraiga. (El juego es: Matrushkas.) ¿Y luego? Si no funciona te mudas a Mazunte. Marina desecha nuevamente la idea. Quiere correr a tomarse su anticonceptivo, por si Chihuahua llama, pero Chela sigue esperando frente a ella, atentísima, perruna. Marina ve el potro y salta: ¿La neta?, pregunta. Le tiembla la base de la nuca.

Chela dice que sí, sonriendo como para darle confianza. Tiene unas arrugas en las mejillas que Marina no había distinguido hasta ahora, dos semicírculos que no la afean, simplemente están allí como evidencia de que la vida no sale como una la planea, algo que Marina reconoce a la vez que niega.

La neta yo creo que no, dice Marina. Sabe que lo está haciendo mal, pero le sabe bien hacerlo mal, incluso mueve las manos como su terapeuta cuando explica cosas. Dice: Debe haber sido todo un duelo, muy duro para ella, y si ya lo procesó, si ya pasó por las distintas etapas, sólo vas a venir a removerle el tapete… hay daños que son irreversibles, es mi opinión.

Isabel no para de decir sí con la cabeza, muy lento, como absorbiendo una sabiduría que Marina —este minuto, al menos— cree de veras poseer. En el instante antes de retomar su monólogo, Marina se pregunta qué pensará Linda de todo esto: ¿logrará apreciar que le está haciendo un favor a Pina porque Chela es una mamá para recordar, no para tener? ¿O desaprobará el repentino proyecto de Marina? Ambas opciones la atraen. Que Linda Walker la admire, que Linda Walker la repruebe. Pero es tarde para echarse atrás: Marina, en el pecho, siente un pequeño torbellino abriéndole el esternón, le fluye el léxico, define cada una de las etapas del duelo, pontifica brevemente sobre la traslación del reflejo edipiano, perdón, elektriano, en niños de familias uniparentales, improvisa absurdas referencias artísticas: la *Pietà* a la inversa, dice. Y todo el tiempo una parte de ella le dice No-te-metas-niña, y la otra parte le pinta dedo a su hermano interno y la guía en su venganza torpe (¡por todas las hijas estropeadas!) mientras toma las manos de Chela y le dice: No le jodas más la vida, Isabel.

Y es así como Isabel, muy lentamente, deja de menear la cabeza y desenreda las piernas y se dobla en dos como una silla plegable mientras se amarra sus zapatos de bruja, tan lento que Marina no sabe si está yéndose o sólo tiene frío, pero se levanta, va hacia la puerta, y para cuando Marina entiende que sí, que está haciéndole caso, yéndose de la privada sin haber tocado el timbre de su hija que no ve hace tres años, Marina sabe el precio del potro invisible, sabe que ha dicho sus palabras finales: malignas y satisfactorias. Y aun antes de que Isabel abra la puerta, Marina ya se siente arrepentida, o tal vez abandonada, las cosas se tiñen de domingo: el final de una cita de juego (el juego es: La comidita). Marina hace un esfuerzo estético, entonces, por concentrarse, por disfrutar y grabarse estos últimos instantes felinos en los que la mujer hermosa pero estúpida se enreda en el cuello la mascada insignificante: una viborita de agua dulce. Chela descuelga luego la chamarra y se la calza, una chamarra de otra década, y abre la puerta, levanta la bolsa de basura empapada, se la enreda en la cabeza como una capa, una capucha, un disfraz de algo; ya se va y Marina no le dijo, no va a decirle nunca que su otro nombre es Dulce. Pero antes de cerrar la puerta detrás de ella, como si ya lo supiera y desde dentro del paréntesis que enmarca su boca cuando sonríe, Isabel, generosa, le promete: Te vas a ir al cielo, dulce Marina.

2002

Los *reborn* o muñecos renacidos se fabrican a mano. Los artesanos son conocidos como *reborners*. Una vez decidida a comprarse un muñequito, Noelia se puso a investigar y la *reborner* que escogió al final, a través del precario internet de los bajos noventa, vivía en Stratford upon Avon: así que allá fuimos. En nuestras maletas de sólo hijos se colaron, por primera vez, algunas cuantas ropitas talla 0, todas de estricta estética folclórica. Noelia las compró como regalo para la *reborner,* pero ambos sabíamos que eran en verdad para vestir a María, como había decidido ponerle a su muñeca.

Yo le dije: Noelia, ponerle María a una muñeca vestida de mexicana es como ponerle Fifí a un perro, es como ponerle La Baba de los Dioses a una pulquería o La Caña a una cervecería. A lo cual ella contestó que María no iba a ser ni una mascota ni una bebida alcohólica, ni tampoco le gustaba que le dijera muñeca, aunque eso era precisamente, y aunque además le había dicho Chris que era muy importante que nunca olvidáramos que eso precisamente era: una muñeca. Pero Noelia opinaba que como no había manera de que se nos olvidara que era una muñeca, tampoco iba a ser necesario estárnoslo recordando todo el rato, de modo que por qué no mejor no le decíamos así, porque a ella no le gustaba, y ya. Yo iba a protestar pero ella alzó el índice y me dijo muy categórica, ya en el vuelo hacia Heathrow: Júrame que ya no le vas a decir así, por lo menos no entre nosotros. Y yo le juré, pero también le dije que "bebé" me ponía muy incómodo. Entonces acordamos que le llamaríamos nena. Nena, entonces, me parecía más neutral. No; si soy honesto, me parecía más irónico. Me daba la esperanza (obviamente falsa, acotaría mi mujer) de que iba a poder guardar mi distancia con la cosa. Para mí la nena era una cosa. Luego fueron dos cosas. Y luego, irremediablemente, ya fueron las nenas. Pero eso vino después.

Chris era una mujer con la que Noelia había estado intercambiando correos electrónicos antes de decidirse a adoptar un *reborn*. Noelia me leía en voz alta los correos, que contaban enterita la vida de Chris, que era aburridísima. A mí la señora me caía bastante mal hasta que empezó a mandarme correos a mí también, pidiéndome que fuera comprensivo con mi mujer, y entonces ya directamente la detesté. Chris era una coleccionista consumada, por no decir enfermiza. Sus más de cincuenta *reborns* tenían una casa aparte en el jardín, y además de nombre y apellido, poseían un futuro inventado e inamovible. Éste y éste van a ser doctores como tú, le dijo a mi mujer cuando, aprovechando un congreso en el gabacho, Noe fue a conocerla en persona. De ese viaje, mi mujer regresó diciendo con manzanas que: a) Chris era una de esas *psycho killers* con holanes, ¿sabes de cuál?, y b) ella iba a comprarse un *reborn,* me gustara o no. Chris también la hacía de *reborner,* pero era malísima, y si acabamos yéndonos hasta Inglaterra fue para no ofender a Chris que, según Noelia, se hubiera enterado en cuanto le hiciéramos un pedido a cualquier otro *reborner* dentro de los Estados Unidos. Yo no conocía Inglaterra, así que no opuse resistencia alguna al causal paranoico que se me presentaba.

Pasamos tres días en Londres y luego manejamos, del lado equivocado de la calle, hasta Stratford. Manejamos es un decir, claro, porque si yo no manejo al derecho, mucho menos al revés. Yo leía el mapa. Nos instalamos en un hotel y luego fuimos a conocer a la *reborner* y hacer nuestro encargo. Queríamos sobre todo asegurarnos de que figurara algún *reborn* prietito en su catálogo, no nos fuera a dar una güereja que desentonara con nosotros. Noelia, sin decirme nada, había armando un itacate de fotos de nosotros cuando éramos niños, para que la *reborner* (¿cómo se llamaba? ¿Marissa? ¿Melissa? No sé, pero estoy seguro de la doble *s,* porque eso me hacía mirarla con doble condescendencia) se inspirara en nuestras caras. Estuve toda la visita entre la carcajada y el enojo, me puse bastante insoportable. Noelia me mandó al coche y terminó solita de encargar a María.

Del hotelito donde vivimos en Stratford mientras esperábamos el renacimiento de María, recuerdo madera pintada y un jardincito detrás, en el que había, escondida entre las flores, una escultura en piedra de un cerdo tamaño natural. Recuerdo las escaleras, cubiertas con alfombra persa; recuerdo haberme preguntado: ¿Cómo se cubren unas escaleras con alfombra? ¿Es una alfombra hecha a medida, o es una vieja alfombra moldeada y sostenida con clavos? Pero lo que más recuerdo son los desayunos. Los servían en unas fuentes como de porcelana, cubiertas con tapas metálicas, todo muy imperial, como si no se tratara de un hotel de cuatro cuartos. Cada noche tenías que anotar una serie de crucecitas en una lista, según lo que quisieras que apareciera bajo tu fuente al día siguiente. Noe y yo tachábamos lo mismo cada noche: salchichas, tomates al horno y unos frijoles pintos con harta azúcar añadida por los que desarrollamos una obsesión pasajera pero intensa. Recuerdo que de regreso a México intenté reproducirlos con frijoles negros y piloncillo: fue un fiasco rotundo.

Una mañana en medio de la semana que tuvimos que esperar, Noelia ya no pudo más de la curiosidad y llamó a la *reborner* para pedir permiso de ir a ver a la María en proceso. Fuimos en nuestro cochecito rentado, pero fue un error. Verla en el horno no era agradable: estaba desmembrada. Desmembrada no está, me corrigió Noelia: está dividida en partes. Ella, que nunca se ponía políticamente correcta, allí sí se puso, justo cuando nadie nos entendía. Porque Melissa, o Marissa, no hablaba más que un inglés incomprensible. Pero era una mujer muy risueña y muy rolliza, de todo se reía con tanta enjundia que, como no le entendíamos nada, nos contagiaba su risa, hasta a mí, que estaba de malas. Mi pésimo humor se extendió por todo el viaje, venía y se iba en olas; yo estaba constantemente cuestionando la cordura de mi mujer y, por ende, la mía, porque, como ya le he explicado infinitas veces a Nina Simone: éramos dos personas pero una sola persona a la vez. Éramos un compendio. Un compilado. Un compartimento inequívoco de unidad. Algo así.

Lo de que no le entendíamos nada a la *reborner* es más o menos cierto. Por ejemplo: *breather* lo pronunciaba *brida,* y tuvo que escribirlo para que entendiéramos de qué chingaos nos hablaba. El brida, como ya siempre le dijimos, es un mecanismo sencillo, instalado dentro del pecho de la nena y que, una vez activado, hace que el pechito se alce y descienda rítmicamente. O sea que hace como que respira. Funciona con pilas. Al principio dijimos que no nos hacía falta eso pero, más tarde, ya solos y sentados frente a una chimenea, a Noelia se le hizo buena idea, ¿por qué no? Si ya estábamos gastándonos una lana en esta muñeca, ¿por qué no tener la versión más ultra plus posible? La vi tan entusiasmada que yo mismo llamé a la *reborner* desde el teléfono del *pub* donde estábamos y, con el valor que sólo da el scotch, le dije que siempre sí queríamos el brida: queríamos que la nena "respirara". Sólo que por teléfono no hay manera de hacer comillas y quizá allí empezó a deslavárseme la ironía.

No volvimos a ver a Marissa Melissa hasta el día de la adopción. Mientras tanto vimos jardines, castillos, mucho pasto muy verde y dos obras de Shakespeare. Se le llama adopción, en el mundo de los *reborn,* al momento en que uno se encuentra por primera vez, cara a cara, con su nuevo bebé. Ese primer encuentro entre padres e hijo, ¿no sería más bien el momento de nacer?, ¿por qué se llama renacer? Hasta donde yo entiendo, la idea es que la muñeca nace en el momento del samblaje, en el que los padres adoptivos no están presentes, sólo el creador, el *reborner:* Melissa. O Marissa. Y luego renace (renace en bebé, es la idea, como cuando Pinocho pasó a ser niño) en el momento de la adopción.

En el momento del nacimiento de María, Noelia y yo estábamos en el *pub* del pueblo consumiendo, una tras otra, cervezas tan densas que parecían tener umami, y riéndonos de nosotros mismos hasta el borde de las lágrimas. Pero el día de la adopción nos pusimos serios. A mí me había entrado esa sensación liberadora que sólo le entra a uno cuando está a miles de kilómetros de casa, y decidí que iba a ser comprensivo y tratar de disfrutar de todo, no fuera más que por ver a la Noe contenta. Melissa Marissa nos presentó a María en una caja con tapa transparente.

Ninguna cantidad de museos y obras de Shakespeare te prepara realmente para el hiperrealismo. Por eso hay gente que lo odia y no lo considera arte: es una corriente soberbia, que pone constantemente a prueba la cordura y los sentidos. Podíamos llamarle nena o como quisiéramos, pero María parecía una bebé recién nacida como hoy yo parezco un viejo machucado. Abrimos la caja entre admiraciones, destapamos una champaña tibia que llevábamos para la *reborner,* y cargamos a María por turnos. Aprendimos a vestirla, lavarla y cambiarle las pilas.

Al volver al hotel ya con la nena, desplegamos en el cuarto la carriola que habíamos comprado en Londres unos días antes, y vimos que simplemente no cabía en el cuarto, así que intentamos pedir una habitación más grande. Nunca supimos qué pasó exactamente, pero fue claro que María no les hizo gracia porque nos corrieron sin pizca de la supuesta cortesía inglesa. Sin saber bien qué hacer, manejamos de vuelta a la casa de Melissa Marissa para pedirle que nos recomendara otro hotel por allí. Pero ella, que primero se carcajeó y luego lloró un poco, al ver a María, de quien creía haberse despedido para siempre, nos convenció de que durmiéramos en su casa.

Fue la noche más espantosa de mi vida. Nos infló un colchón en el piso de su estudio. El colchón y la cama de ropa eran cómodos, pero para dondequiera que volteabas había partes de bebé. Muchas, muchas partes. Lo terrible son las extremidades y las cabezas, porque el torso y la pelvis de los *reborn* son de un material más amable, que asemeja más a una almohadilla o un muñeco de trapo y no da tanto miedo. Había brazos y piernas de vinilo aún virgen, sin las muchas capas de pintura que les dan, y otras ya pintadas, en tonos complejos, y no sé cuáles eran peores: si los blancos o los que ya parecían tener piel. Por no mencionar a los muñecos ya a medio construir, que aún no estaban armados pero ya tenían apariencia humana. Para poder dormir sin sentirme observado tuve que ponerle una camiseta encima, con mucho cuidado, a una mesita donde Marissa Melissa tenía dispuestas tres cabezas terminadas, a las que ya nomás les estaba insertando, poro por poro, pelo fino de bebé.

Noelia y Marissa Melissa se quedaron tomando tecitos con piquete y jugando a las muñecas hasta altas horas de la madrugada. Yo no sé qué tanto habrán bebido pero para cuando yo me desperté *a)* había varios *reborn* en la casa vestidos de china poblana y *b)* Noelia había comprado una segunda nena. Yo tenía demasiadas ganas de irme de allí para discutir, y el dinero era todo de ella, así que no dije nada.

Ésta era una nena que, me explicaron con mucha ternura, alguien había adoptado y luego ¡devuelto! ¡Como a un par de zapatos! Noelia la llamó Clara, por lo menos al principio, por rubia y pálida. Se le transparentaban las venas cerca de los ojos y, pa pronto, mirarla resultaba tan absolutamente perturbador como mirar a María. Uno podía dejar de respirar esperando a que ellas lo hicieran. Pero Clara no tenía brida, así que ya podía uno quedarse esperando.

Acomodamos las muñecas en sus cajas, doblamos la carriola y manejamos hasta el aeropuerto. En el camino veníamos oyendo el disco que llevábamos todo el viaje oyendo, porque alguien lo había dejado en el coche rentado. A Noelia le encantó el disco, que era empalagosísimo, o tal vez nomás quería que las nenas tuvieran algún nexo con su pasado; el caso es que decretó que ya no iban a llamarse María y Clara, sino Kenny y G. Le pregunté si entendía que Kenny era nombre de hombre y le dio risa. En serio, le dije, y en una parada por gasolina le mostré el disco. Noelia, que en vacaciones no se ponía los lentes, había interpretado por la melena que se trataba de una mujer saxofonista. Se lo acercó a las narices y después de pensarlo tres segundos dijo: No importa, los nombres se les quedan. Ya en el aeropuerto echamos un volado para ver cuál sería cuál. Kenny es Clara, la que no respira. G, pronunciado *Yi*, es la que tiene el brida: le cambio las pilas cada tres semanas pero ahora, desde que Agatha Christie me regañó por contaminador, tengo unas pilas recargables. Durante el tiempo que le toma al foco del cargador pasar del amarillo al verde, G no respira. Pero la acomodo pegadita a Kenny, que sabe vivir así, y que le enseña. No que vaya a creérmelo nunca nadie, pero son buenas hermanas.

ooooo

Noelia, como todos los médicos que conozco, no iba al médico. Es una terquedad de especialistas, que creen que la embarradita de medicina general que tuvieron treinta años atrás los salvará de todo mal. Noelia se autorrevisaba, autorrecetaba, automedicaba y, de paso, autotodo a mí también. Varias veces le falló el diagnóstico, el suyo y el mío. El suyo mucho peor, pero conmigo al menos una vez fue muy gacho. Ha de haber sido en el 87 o por ahí, me acuerdo que estábamos en plena construcción de la privada y todavía no existían las nenas. Empecé a sentirme pésimo un viernes y Noelia me tuvo hasta el lunes con paracetamol y tecitos, hasta que el martes desperté con los ojos amarillos. Tenía una hepatitis marca diablo, de la que me salvé sólo porque en ese instante salimos corriendo al hospital a que me inyectaran cosas. Ella misma se tardó demasiado en irse a checar sus dolores, que yo interpretaba como una clara y simple protesta de su cuerpo por su incurable adicción al trabajo. Para cuando finalmente se hizo estudios, el cáncer no tenía remedio. Y yo cargo una culpa de la chingada. Creo que me correspondía convencerla de que se hiciera más estudios, más chequeos, que no lo pospusiera tanto.

Ella quiso hacer quimioterapia. No porque creyera que iba a funcionar, sino con tal de no cruzarse de brazos. También, por suerte, accedió a tomarse unas dosis altísimas de antidepresivos que la hicieron vivir más o menos tranquila los últimos meses. Me los recetaba a mí también; yo todavía los tomo. Cuando están por acabárseme me fabrico una receta que imprimo en uno de los muchos blocs que hay en el estudio con su cédula y sus datos. E imito su firma, algo que aprendí a hacer muy bien desde que nos casamos, cuando yo todavía no tenía el SNI ni las rentas, y había que pagar el súper con su tarjeta.

Últimamente me tomo dos dosis de los antidepresivos todas las noches, porque me los tomo por los dos.

Como todas las sólo hijas, Noelia sostenía una relación incomprensible con su madre. Tenía el impulso de llamarla, de recurrir a ella a la menor complicación, pero en cuanto estaban cerca, el mero tono de la voz de su mamá, o el ritmo de su respiración, o el volumen con el que mascaba la comida, conseguía exasperarla. Nunca presencié una cena en la que no se reprimieran una a la otra. Sólo en raros momentos de lucidez, generalmente precedidos por una mezcla de alcohol y culpa por alguna reacción grosera para con ella, Noelia reconocía que las cosas que peor soportaba de su madre eran precisamente aquellos comportamientos que reproducía sin darse cuenta. Como, por ejemplo, comprar compulsivamente zapatos baratos que sacaban ampollas.

La única vez que a mí se me ocurrió señalarle que eran igualitas, mi mujer me contestó: Si serás petunio, Alfonso Semitiel.

⚬⚬⚬⚬⚬

A mí no me gustaba la historia de la hepatitis, no me gustaba que Noelia la contara en público. Me daba pena: oía en ella una muestra de mi falta de hombría, mi maleabilidad, la prueba de cómo ella me fue haciendo a sus modos y yo me dejé, flojito y cooperando. Yo no estaba, no estoy para negar mi condición de mandilón, que he aceptado siempre públicamente con la cara en alto. Pero me parecía que los detalles de esos sacrificios eran privados. La historia de la hepatitis me parecía especialmente íntima y vivía como una afrenta tener que oírla en la sobremesa, casi como si Noelia hubiera contado que cuando nos conocimos yo no dormía de cucharita y luego ya no podía dormir de otro modo. Me convirtió a la religión del abrazo, de las comedias gringas, hasta del pescado congelado aunque yo sé que está terminando con el lago Victoria; incluso me convencía de ir al ballet de vez en cuando. Para dormir, ahora, tengo que poner dos almohadas detrás de mí, pero las almohadas no abrazan ni me dan calorcito cuando regreso de una ida al baño. Antes de dormir les canto a Kenny y G, y las arropo como hacía Noelia desde que las trajimos a México.

De esto, de nuestro vínculo con las nenas, Noelia jamás habló en ninguna sobremesa. Y yo creía agradecérselo, pero ahora lo lamento. O no, no lo lamento, simplemente ahora he cambiado. Antes, si Noelia sacaba las muñecas a la calle yo iba nerviosísimo, y hacía malabares para que los inquilinos no nos vieran pasar con la carriola. Ahora ya no me importa nada, no me importa ser el viejo loco de la cuadra. Hace meses que empecé a mostrarlas por la privada, a explicar un poco que sí, que son muñecas, pero que son muñecas especiales. La niñiza las adora. En las tardes las meto en la carriola, las saco a pasear y voy silbando. Todavía no me atrevo a pasar la puerta de la privada y llevarlas por la calle, pero ya estoy contemplándolo.

¡Te verías guapísimo paseándolas! Como un abuelo sexy.

Qué mentira generosa, amor, gracias.

Sácalas, te va a hacer bien.

Lo intentaré.

∞∞∞∞

La vida se les hace chiquita, decía Noelia de sus amigas con hijos, que eran todas. Porque, por otra parte, Noelia despreciaba a la mayoría de las sólo-hijas que conocía. ¡Carreristas!, las llamaba despectivamente, desde la cima de su propia contradicción. Si hay alguien que ha dedicado toda su vida a su carrera eres tú, le señalaba yo. Y ella me decía: para mí la cardiología no es una carrera, Alfonso. ¿Ah, no?, ¿y entonces qué es? Una vocación, decía. Pero en seguida se carcajeaba.

Sus amigas le aseguraban que no, que al contrario, que la vida con hijos se hacía enorme, grandiosa, se multiplicaba, vivías por dos, por tres, por seis, y no era cierto que ya no ibas nunca al teatro, y que de todos modos ver crecer a alguien que hiciste es mejor que cualquier maldito espectáculo, ¿cómo osaba comparar? ¡El ego de esa afirmación!, me decía a mí Noelia, pero se desmentía solita de inmediato: Perdón... es típico de una hija vieja confundir el amor materno con una voluntad de protagonismo. Pero Noelia no las entendía cabalmente, a las madres, no estaba dentro de sus posibilidades, tal como no estaba dentro de las mías entender su relación con las nenas. Me ponía tenso cada que ella me invitaba a entrar al cuarto rosa. No me salían bien las cosas, se notaba que yo era un intruso, como uno de esos que van a Arabia y se disfrazan con tal de ver por dentro las mezquitas.

Nuestra vida no fue grande ni fue chica, no sé de qué tamaño haya sido, por lo menos mediana. Y lo de las nenas nos abrió un espacio que antes no teníamos. El cuarto está repleto de cosas cursis que mi yo normal detestaría, pero la verdad es que últimamente me siento bien, allí, entre los pliegues y los encajes. Casi como comprendido. O como visto. Sólo Noelia Vargas Vargas supo verme en esta vida. Y ahora no sé qué porciones de lo que yo consideraba mi yo normal existían sólo por virtud de esa mirada.

ooooo

Con el cáncer de Noelia dejé de ver en las muñecas meras muñecas, y empecé a ver a las nenas. Me tardé. Durante años apoyé a Noelia en cada capricho, pero siempre mantuve mi distancia interna: una suerte de ironía protectora. Cuando Noe quiso el cuarto de arriba para ellas, acepté. Cuando quiso tapizarlo con un papel importado de líneas gruesas en rosa pálido y color hueso, accedí, me dije que qué iba yo a oponerme si era ella quien pagaba todo eso. Cuando compró los asientos para el coche y empezó a llevar a las nenas en el asiento trasero, me dije a mí mismo que lo que no te hace daño te hace más fuerte. Y, en retrospectiva, el estira y afloje emocional que trajeron las nenas fue una inyección de juventud en un matrimonio donde ya todo se daba por sentado. A ratos me hacían sentir vergüenza de Noe, y a veces orgullo. A veces me parecía chistoso su juguete y a veces me rompía el corazón verla por toda la casa cargando un bebé que no era bebé. Y que no era mío.

Un día, un policía nos quebró el vidrio del coche porque Noelia se bajó al banco dejando a las nenas en el asiento. El policía creyó estar cometiendo un acto de heroísmo. Luego, Noelia tuvo que darle una buena mordida para que se le pasara la vergüenza vengativa que le entró al constatar que había "salvado" a dos seres inertes. Todo, siempre, yo lo interpreté como una pequeña excentricidad más de mi maravillosa Noelia, un proceso hormonal más, un síntoma más de, en sus palabras, dolor de útero. Porque, por supuesto, la doctora Vargas Vargas acuñó un padecimiento, medio en italiano medio en latín, para explicar lo que les pasaba a las sólo hijas cuando veían a las mamás con sus niños: *uterus mancanza*.

Todo me parecía curioso, nada grave. Cuando la gente nos miraba raro yo me ponía a la defensiva, algo animal, algo preparado para saltar a la yugular de los normales. ¿Me parecía rarito lo de las muñecas? Claro. Pero no le hacía daño a nadie y a ella le sentaba bien. Tal como lo veía yo desde mi sitio privilegiado en el primer palco: que a Noelia el *uterus mancanza* le hubiera llegado tan tarde en la vida, tal vez una lástima. Pero le llegó y la jodía, y que encontrara entonces maneras para disminuirse el malestar, ¿no era lo opuesto a rarito? ¿No era más bien un atisbo a ese lado maternal que no le tocó explorar cabalmente? Porque era cuidarse. Era tomar las riendas: detectar lo que le dolía y buscarse el mejor paliativo posible, por más inerte que éste fuera. ¿No es eso hacerse responsable de uno, pasar al otro lado de la condición humana, al madurado, al supuestamente inalcanzable para los sólo hijos? Pero si yo le echaba flores con estos argumentos, Noelia me contestaba: Ay, los médicos, ¡siempre nomás curando el síntoma!

ⵉⵉⵉⵉⵉ

Con la novedad de que hoy llevé a las nenas a La Taza de Mostaza. Fue todo un acontecimiento. Primero no me querían dejar entrar con "sus nietas". Les expliqué que eran muñecas y no me creían. Salió hasta la cocinera para corroborar que no eran bebés. Ya que me creyeron, se pusieron vivos porque pensaron que estaba intentando vendérselas. Tuve que recurrir al chantaje emocional trayendo a cuento mi extrema fidelidad al local. Finalmente me dejaron pasar, entre burlas y disculpas. Ya sentado en mi mesa de siempre, se me pasó la adrenalina. Me dolieron los huesos. Me puse rojo y enojado. Bebí demasiado rápido, con cada traguito viendo más claro lo que los otros entendieron desde que abrí la puerta con mi carriola: que soy un viejo ridículo.

Pero luego llegó Linda y, como si fuera lo más normal del mundo, ella cargó una nena y yo a la otra. Las mantuvimos cada uno en su regazo, mientras conversábamos. Y entonces una alegría nueva, diríase triunfadora, se apoderó de mí. Es mi derecho, quería decir. Es mi derecho de viejo viudo tener algo a quien querer. Algo que no sea alguien. Algo que no se pueda morir.

Pero ahora ya se pasaron el triunfo y la alegría. Ahora estoy en mi estudio, crudo a las cuatro de la tarde. Hay demasiado sol, pone en evidencia el polvo sobre los muebles. Pienso en círculos obsesivos que: *a)* es hora de agarrar el trapo y entregarme a mis labores domésticas, buscar la casi paz que me entregan, y *b)* que yo no escogí un carajo.

Yo hubiera querido tener hijos. Muchos. Hartos. O por lo menos varios. Por lo menos uno. Medio. Un pedazo.

No es la primera vez que lo pienso, pero es la primera vez que no pienso borrarlo.

ooooo

El amaranto, la planta por la que perdí la cabeza, tiene un sabor pinchón. Blandengue. No sólo Umami Sin, sino también Chiste Sin. No cabe duda que el poder del autoengaño es magnífico. ¿Cómo es posible que yo, que siempre me creí de un paladar finísimo, sólo ahora sea capaz de reconocer esta evidencia? Tal vez hay que llegar a mi edad para quitarse el velo y contemplar las incongruencias de las cosas que nos obsesionaron, los huecos en los que uno vertió su energía y tomarles la medida: lo ancho por lo absurdo. Pero hay que reírse de eso. En esta vida de todo hay que reírse.

¡Ése es mi gallo, chingaos!

Noelia, qué bueno que vienes, ya te extrañaba. Hay algo importante que tengo que decirte.

Te escucho.

Hoy las nenas y yo estaremos arrancando hierbas. Como todo falló y el amaranto no sabe a nada y el clima no da para papayas, voy a poner en el patio el jacuzzi que siempre quisiste.

¡Qué maravilla, amor! Y qué envidia.

¿No tienen jacuzzis en el más allá?

No, pero te gustará saber que andamos todos encuerados.

2 0 0 1

¿Tú también te haces pez?, le pregunto a Emma mientras me pone la pijama.

No, ése es un gen del abuelo, yo no lo tengo.

¿Por eso echaste sus cenizas al lago?

Yes.

¿Ana sabe?

No, dice Emma, ni tus hermanos, sólo tú.

Me deja acariciarle una mano en la parte suavecita, y con la otra enreda mis chinos en sus dedos, y luego los suelta porque le gusta ver cómo rebotan. Me explica todo en inglés pero sí le entiendo. Dice que cuando mamá se hacía pez entre semana, la dejaba faltar a la escuela. Entra mi mamá al cuarto: fue a ponerse un camisón. Ya está seca, toda menos el pelo, que se le pone de dos colores: amarillo donde hay nudos, café donde está lacio. Mamá señala mi pijama. ¡Hongo!, dice. Es una camiseta de Theo, de cuando sólo podía pensar en Mario Bros.

¿Por qué no hay de éstos en tu jardín?, le pregunto a Emma.

Amanita muscaria, me dice: Bonitos pero letales.

¡Y hablan gangoso!, dice mi mamá.

No hablan gangoso, dice Emma, y se para de la cama y empuja a mi mamá fuera del cuarto. Me mandan besos por el aire y yo los cacho aunque no todos: algunos caen encima del edredón. Antes de correr la cortina de colores, Emma me pregunta si quiero la luz encendida.

No.

Qué niña tan valiente vas a ser, dice. Apaga la luz y las oigo riéndose mientras se alejan.

Me quedo pensando: ¿Cuándo?

Me canto una canción para ser valiente ahora. Amanito, dice mi canción: amanito musacario, amanito mario manitomario, pero no funciona. Tal vez voy a ser valiente cuando aguante cien segundos largos bajo el agua con el popote. O me voy a hacer valiente o me voy a hacer pez. O las dos cosas: seré un pez valiente y bajaré al fondo del lago, donde está camuflasheado el castillo del emperador Umami.

No sé cuándo llega mamá a la cama pero cuando abro los ojos es de día y tengo encima su abrazo pegajoso. Le hablo pero no me hace caso. Intento hacerle cosquillas pero me gruñe y se me quitan las ganas de que despierte. Me bajo de la cama y la cama rechina. Salgo a la sala y Pina está dormida en el sofá. Ana no sé dónde está. Encuentro a la abuela en la cocina, friendo tocino.

Hey, kiddo, me dice: ¿Cómo dormiste?

Le digo que bien aunque es más o menos mentira. La verdad es que tuve pesadillas que ya no recuerdo y también calor y sudé la camiseta del honguito y ahora que me pega el aire del porche en ella siento frío.

¿Dónde está mi ropa?, le pregunto.

Debe estar en el baño. ¿Quieres hot cakes?

Sí.

Puedo hacerte un hot cake con forma de algo, ¿qué forma quieres?

Mmm, lo pienso un rato. Quiero pedirle algo difícil pero no tan difícil. Le pido un árbol con hijitos, pero los hijitos son hongos, ¿está bien?

Un árbol con hijitos que son hongos.

Ajá, pero no venenosos.

Got it. ¿Tocino?

Bueno, pero antes me voy a vestir, le digo y camino al baño.

Sentada en el escusado se me ocurre que, tal vez, si hago popó y luego le jalo y corro al jardín, tal vez voy a poder ver cómo pasa mi popó por el sistema de estanques: un filtro y luego otro, pasando de aguas negras a aguas limpias. Me quedo allí un rato, intento pujar y convocarla, pero no hago más que pipí un par de veces. Ana abre la puerta y dice: Ya están tus hot cakes. Le digo que se los regalo porque no estoy lista. Se va feliz. Luego entra mi mamá. Se desnuda y se mete en la regadera con su anillo colgándole del cuello porque eso nunca se lo quita.

Le pregunto por qué está de malas y me dice que por los hongos estridentes, estupendos, estificiantes, como se llamen. Me enojo de que se los haya comido sin decirme y me dice lo mismo que dijo la abuela: que son para adultos. Le pregunto si le dio sueño y risa y vio cosas. Dice que vio a Chela y que está bien y que me manda saludos, pero me pide que no le diga a Pina. Tal vez llora, no sé, porque está camuflasheada por la cortina de la regadera. Últimamente todo el mundo llora por Chela, o se enojan, o se ponen la cabeza entre las manos. No sé qué decía la carta; Ana dice que Pina no sabe, pero no le creo. Y a Pina no me atrevo a preguntarle.

¿Qué decía la carta de Chela?, le pregunto a mamá.

Mamá dice: Que se fue.

Siempre se va, le digo.

Parece que esta vez no va a regresar.

No sabía que se podía hacer eso.

Tú eres mi Luz, mi lucero, ¿sabes eso?

Le digo que sí, que más o menos. Luego me pregunta por qué sigo en el escusado, ¿me siento mal? Le explico mi teoría de la popó bajando por los estanques y ella dice que puedo probar.

Pero no tengo popó, le digo, no tengo nada.

Me dice que pruebe de nuevo después de desayunar. Me limpio y le jalo al baño y me lavo las manos parada de puntitas, y al mismo tiempo que hago todo eso, estoy explicándole a mi mamá mi plan de cómo voy a hacerme un pez y bajar al centro del lago para visitar al emperador Umami y pedirle de deseo que me haga más valiente.

Mamá se queda callada un rato. Luego se asoma desde el otro lado de la cortina y me pregunta: ¿ya me lavé el pelo?